reihe
welt
bewegt *orlanda*

Sulaiman Addonia
Die Sehenden
Roman

Aus dem Englischen
von Sula Textor

Meine Mutter brachte mich in Keren zur Welt, aber in London habe ich mich noch einmal neugeboren, in dieser Frühlingsnacht, als ich auf einer Bank am Fitzroy Square in Bina-Balozi eindrang. Es war, als hinge eine Laterne an der Spitze meines Strap-On, sodass ich mich selbst in seinem Inneren gespiegelt sah, in einer Welt so vertraut wie unvertraut, schön und verstörend, aufwühlend und bestärkend. Hannah. Bina-Balozi schrie meinen Namen. Nie habe ich mich so gegenwärtig gefühlt, ich gab mich der Macht meiner Lust hin, blähte die Kraft meines Verlangens auf, um in ihm zu atmen und auf neue Art zu sehen und gesehen zu werden. Das *O* in Bina-Balozis Hintern öffnete sich wie eine Rosenknospe mitten in der Nacht. O Bina-Balozi, Duft meines Gartens. O. B. B. In dieser Nacht, als meine Hände sich fester um Bina-Balozis Hüften legten, flüsterte ich meine Geschichte in sein Ohr, in den Himmel über London, unzensiert und wahrer als die in meinem Asylantrag, der in den Regalen des Home Office stand und verstaubte. Sie ging so: Meine Mutter kam in Keren zur Welt, am 27. März 1941 bei Sonnenaufgang, als britische Truppen die Italiener besiegten, die ein halbes Jahrhundert über unser Land geherrscht hatten. Die Geburt geschah in einem Haus am Fuß der Berge von Keren, die Stadt hatte drei Monate lang Gefechte erlebt, drei Monate lang Europäer um unser Land kämpfen sehen, drei Monate, in denen meine schwangere Großmutter Stoffe mit Blumen- und Schmetterlingsmuster um ihren Bauch band, während ganz in der Nähe heftiges Artilleriefeuer tobte. Vergeblich. Meine Mutter kam in diese Welt und lebte in ihr mit unberechenbarer Kraft. Als das Kind geboren war, ging das Hausmädchen meinen Großvater suchen, aber der feierte in den Straßen eine andere Art von Geburt. Er schwenkte Blumen und sang aus Dankbarkeit für die britischen Soldaten, die sein Land vom Faschismus befreit hatten. Ein britischer Offizier wandte sich ihm und allen um ihn herum zu und sagte: Ich hab das nicht für dich gemacht, nigger. Ich Hab Das Nicht Für Dich Gemacht. Nigger. Mein Großvater weinte, nicht über die Geburt seiner Tochter, sondern über das Ende einer Erniedrigung und den Anfang einer anderen. Sein Land und er gingen aus den Händen der Faschisten über in eine andere Form europäischer Unterdrückung. Diese Anekdote ist mir im Gedächtnis geblieben. Aus ihr wuchs in meiner Kindheit Bitterkeit gegenüber den Briten. Sie lenkten die Aufmerksamkeit meines Großvaters weg von der Geburt meiner Mutter und machten sich selbst in seinem Kopf breit. Meine Mutter wurde zur Waise gemacht von einem Mann, der seine Zeit allem Englischen widmete, von Büchern bis zum Essen, der den Lebensstil der Briten studierte, als könne er seinen gebrochenen Stolz reparieren, indem er ihr Aussehen und Verhalten nachahmte. Er hatte Schiebermützen besessen, aber nach der Ankunft der Briten wurde ein Filzhut seine bevorzugte Kopfbedeckung. Er kaufte graue Anzüge, trug englisches Wetter im sonnigen Keren. In seinen Hemdsärmeln steckten Manschettenknöpfe und seine Westen hatten zwei Taschen, in die er seidige Rosenblüten steckte, nachdem er erfahren hatte, dass die Rose Englands Nationalblume war – und ich summte tief, als ich Bina-Balozis Rose freilegte. O Bina-Balozi. Mein Großvater sprach Englisch mit meiner Mutter, damit es eine ihrer vielen Sprachen werden würde. Und meine Großmutter war so wütend, weil er bei der Geburt nicht an ihrer Seite gewesen war, dass sie ihrer Tochter einen italienischen Namen gab: Mary Malinconia. Ich denke oft an die Gefechte, an die in den Bergen und an die zu Hause zwischen meinen Großeltern, und frage mich, ob die Gewalt, die meine Mutter als Fötus im Bauch ihrer Mutter erfuhr, etwas zu tun hatte mit der, die sie meinem Vater zufügte und die bis zu mir durchsickern und in Bina-Balozis Innerem die Zähne verlieren sollte. O Bina-B, gib mir mehr von dem Frieden in dir. Das Gefühl der Erniedrigung lag in der Familie wie eine Krankheit, die auch ich geerbt hatte. Als ich zwei war, wurde meine Mutter von der äthiopischen Armee, die die Briten abgelöst hatte und seither unser Land kolonisierte, getötet. Ich habe keine Erinnerung an sie. Alles, was ich bisher erzählt habe, weiß ich aus zweiter Hand. Wie gebrauchte Kleider spazieren manche von uns durchs Leben mit Geschichten voller Löcher und Lücken. Aber, wie es in dem eritreischen Sprichwort heißt, das mein Vater mich gelehrt hat: ኩሉ ይሓልፍ ፍቅሪ ትቅጽል – *kullu yihalif, fiqri yiterif – alles vergeht, die Liebe bleibt.* O Bina-B. Damals bei Diana, in der Anfangszeit meines Londoner Lebens, als ich nicht zur Schule gehen und Englisch lernen durfte und die Prüfung meines Asylantrags noch ausstand, entdeckte ich die Sprache meines Inneren. In dem Zimmer in Dianas Haus in Kilburn ließ man mich genauso warten, wie ich mir meinen Asylantrag in einem Büro des Home Office vorstellte: hochkant ins Regal geschoben zwischen Geschichten aus aller Welt, von Orten, die dieses Land einmal besetzt hatte. Ich stellte mir unsere Akten zur Seite geneigt vor, kurz vor dem Umkippen, ein Wasserfall aus Wörtern ergießt sich über den Boden des Home Office, das Gebäude wird mit Wörtern geflutet. In dem Zimmer bei Diana begann ich mit

7

der Entdeckungsreise in die Welt in meinem Inneren, ein Spiel mit meinem tiefsten körperlichen und geistigen Verlangen. In London gehörte mir in den ersten Wochen nichts als Zeit, und ich glaubte schon, dass das Home Office mich mit Zeit überschüttet, um mich darin zu ertränken. Und auf der Bank am Fitzroy Square, als ich durch Regeln, Rollen, Normen, Ängste, Zweifel hindurch in Bina-Bs Tiefen drang, fand ich auch seine Heimatsprache. O. B. B. Bina-Balozi drehte sich um und schlang die Arme um meinen Hals. Seine Augen waren mein Spiegel – es gibt nichts Sinnlicheres, als sich in den Augen eines ungestümen Geliebten, der durch die Felder der eigenen Vorstellung streift, gespiegelt zu sehen. O. B. B. BBs Lustschreie erregten die Aufmerksamkeit einer Frau, die ihren Hund ausführte. Was machen Sie da? rief die Frau. Ich rief zurück: Was ist los? Haben Sie zu Hause keinen Sex? Das hier war kein Dogging. Die Straßen von London waren mein Zuhause – hier schlief ich, aß ich, wusch ich mich, weinte, verrichtete meine Notdurft, hatte Sex, und nahm die Ereignisse mit meinen Augen auf...

AUGEN: Hannah erhebt sich von ihrem Pappkartonbett unter ihrem Baum auf dem Tavistock Square... seit ihrer Entlassung aus dem Gefängnis ist der Baum ihr Zuhause... sie gähnt... die 100 toten Dichter von Bloomsbury zerstreuen sich im Tageslicht bis auf einen... sie steht vor E. E.≈Cummings und streckt sich und badet in seinen Affirmationen (ich mag deinen körper. ich mag was er tut, / sein wie und seine weise)... ihr ist heiß... sie wirbelt herum... geht ein paar Schritte... dann... dreht sie sich um... ein paar im Park verstreute Menschen... sie essen lesen weinen denken lachen schauen reden... der Tod ist heute in der Stadt gerade wird in Erinnerung an jemand

8

kürzlich Verstorbenen eine Bank errichtet... aber warum
sterben Erinnerungen nicht? fragt Hannah... sie denkt an
ihre Familie in Eritrea die ihre Rückkehr als fertig ausge-
bildete Ingenieurin erwartet... ha... ha... ha... sie lacht bei
dem Gedanken... dann weint sie... ihr Atem riecht nach
Enttäuschung... der Morgen fühlt sich trostlos an... heute
weicht Londons Optimismus ihr aus und Hannah denkt er
benimmt sich wie ein schwarzes Taxi das für schwarze
Menschen nicht hält... ganz schön anstrengend Hannahs
Augen zu sein... unter einem Baum zu leben... aber selbst
wenn sie ihr Augenlicht verliert und uns verliert sind wir
trotzdem noch da weil wir mit der gleichen Kraft und
Intensität fühlen wie wir sehen... wir sitzen fest... kein
Entkommen... ha... was solls... jetzt ist es interessanter
denn je als Hannahs Augen... (unser stoischer Gesichts-
ausdruck weicht einem kurzen Grinsen)... O Bina-Balozi.
Ich erinnere mich an diesen Abend, als ich dreizehn war,
es war das Ende eines weiteren Tages unter Fremdherrschaft. Statt von Briten wurde Eritrea jetzt von Äthiopi-
ern regiert. Meine Mutter war tot, mein Land eine Kolo-
nie, und mein Vater war am Leben, aber nicht mehr
lebendig. Sein Geist und sein Herz waren mit meiner
Mutter fortgegangen. Mit Kalaschnikows bewaffnete eritreische Freiheitskämpfer belagerten unsere Stadt. Während äthiopische Kampflugzeuge über uns kreisten, war
mein Vater an diesem Abend im Garten. Ich war drinnen,
in unserem Betonhaus mit der grünen Decke und den
Wänden voller Bilder meiner Mutter in unterschiedlichen Posen. Mein Vater hatte mich allein großgezogen,
hatte sich geweigert, noch mal zu heiraten, lebte lieber im
Andenken an meine Mutter. Er war eine Enzyklopädie
ihrer Geschichte: Er brachte mir bei, wie sie gesprochen,

9

gegessen, getrunken, gelacht hatte, und zeigte mir ihre Art, in die Ferne zu schauen, als sammelten sich ihre Gedanken in Schichten in einem unendlichen Raum. Sogar ihre Duschroutine ließ er mich nachahmen. Zweimal am Tag duschte meine Mutter in unserem Bad mit dem offenen Dach, mit dem ersten und dem letzten Sonnenstrahl, damit ihre Haut bereit war, Licht und Dunkelheit zu empfangen. Ich sehe vor mir, wie die Sonne auf- und untergeht, einen Zeitabdruck auf ihrem Körper hinterlässt, der so magisch war wie die Rundungen der Berge von Keren. Meine Mutter war besessen von der Natur, ihrer Schönheit und zerstörerischen Kraft, ihrem Schweigen und Brüllen. Mein Vater nahm mich nachts oft mit in den Stadtgarten und befahl mir, ohne Taschenlampe hindurchzulaufen, und ich tastete mich vorwärts, entlang am wehenden Duft von Blüten und Früchten. So dachte mein Vater über das Leben in einem Kriegsgebiet, das hatte er von seiner Familie geerbt, die ähnliche Zerstörungen durchlebt hatte: In einem Land der immer wiederkehrenden Gewalt war das Sehen durch die Berührung von etwas Schönem eine Notwendigkeit. Ich fand Zuneigung und Freundschaft nicht nur bei Menschen. Ich achtete auf die Sprachen der Natur, genau wie meine Mutter. Mein Vater wollte, dass ich auch ihre Liebe zu Büchern erbte. Und obwohl er weder lesen noch schreiben konnte, sammelte er nach ihrem Tod Bücher und wurde bekannt als der analphabetische Büchersammler. Sein Mantra war: ኩሉ ይሓልፍ ፍቅሪ ትቅጽል – *kullu yihalif, fiqri yiterif – alles vergeht, die Liebe bleibt.* Während also äthiopische Flugzeuge über unsere Stadt flogen, sprach ich an diesem Abend mit den Bildern meiner Mutter an den Wänden im Haus meines Vaters. Ich sagte ihr, dass ich die Derg-Truppen, die sie getötet hatten, genauso sehr hasste wie sie die britischen Kolonisten und ihr Vater die Italiener. Dieser Hass wurde zu einer so verheerenden Erbkrankheit, dass ich Jahre später beschloss, keine Kinder zu bekommen. Mein Vater kam herein. Er zog seine Pistole und legte sie auf den Tisch an seinem Bett neben eine große, leere Kiste, die er mit Büchern zu füllen begann. Ich ging in den Garten und goss gerade die Töpfe mit den Kräutern, als mein Vater mit einer Spitzhacke und den Bücherkisten aus dem Zimmer trat. Er hatte mir erzählt, meine Mutter sei jetzt ein Stern. Wir blickten nach oben, unsere Augen durchkämmten den Himmel. Die Kampfjets der Besatzer flogen paarweise über die Stadt, fügten dem wolkigen Himmel weitere Dunststreifen hinzu. Keine Sterne zu sehen. Mein Vater grub ein grabähnliches Loch. Er sammelte die Bücher von Menschen, die im Krieg gestorben oder geflohen waren und ihr Hab und Gut zurückgelassen hatten. Instinktiv rettete er Bücher wie andere ausgesetzte Haustiere. Obwohl viele in der Stadt ihn darauf ansprachen, sah er keinen Widerspruch darin, dass ein Analphabet endlos Bücher anhäufte. Er stellte sich vor, er wäre wie unsere von den Italienern erbaute Bibliothek: ein Gebäude, das Tausende Bücher zärtlich empfing. Auch er würde Wörtern, Ideen, Erzählungen und unserer Geschichte ein sicheres Zuhause sein. Aber anders als die italienische Bibliothek, geschaffen von-Weißen-für-Weiße, wäre er so offen wie der Mond. Ich erinnere mich an die Abende, als sich in unserem Garten Erwachsene und Kinder drängten, um in den Feuerpausen die Bücher meines Vaters zu lesen, als Frauen, die weder lesen noch schreiben konnten, mit ihren Bun-Sets ankamen, Kaffee und Popcorn

11

verteilten im Tausch gegen Geschichten, als Dichter gespannt auf die Reaktion des Publikums ihre unfertigen Werke vortrugen und Intellektuelle nach der Lektüre von Büchern meines Vaters in Diskussionen verfielen. An einem dieser Abende, als Öllaternen zwischen unseren Blumen standen, als Kaffeeduft vermischt mit Lachen, Argumenten, Theorien, Meinungen und Poesie durch die Luft wehte, als Popcorn an die Topfdeckel poppte, gab mein Vater mir die Tagebücher meiner Mutter und sagte: ኩሉ ይሓልፍ ፍቅሪ ትቅጽል – *kullu yihalif, fiqri yiterif – alles vergeht, die Liebe bleibt.* Er hätte sich nie vorstellen können, dass ich sie in London, im Haus einer Engländerin, zum ersten Mal lesen würde. In Eritrea aber las ich die Bücher, die er gefunden hatte und jetzt aus seinem Zimmer trug. Ich verwahrte jedes davon in meinem Inneren, bevor er sie in Kisten packte und in Löchern vergrub und einen Hibiskus, eine Bougainvillea dazu pflanzte. Unser Garten und ich wurden zu spiegelbildlichen Bücherfriedhöfen. Ich war umgeben von Zerstörung, aber tief in mir brodelte das Leben wie in den Mauern von Babylon. Genüsslich verschlang ich in den schlaflosen Nächten meiner Kindheit das Werk von persischen Dichtern. Ich las so viele Texte über arabische Architektur, dass ich, wenn ich nach Bombardements durch unser Viertel schlenderte, zerstörte Häuser und Schulen in meinem Kopf wieder aufrichtete. In meiner Fantasie waren die wiederauferstandenen Gebäude so lichtdurchflutet und farbenprächtig wie die aus der andalusischen Zeit. Ich bewahrte Wörter, Figuren und Sätze aus weit gereisten Büchern in mir auf. Ich fühlte mit Oliver Twist, bevor ich in sein Land kam und unter meinem Baum auf dem Tavistock Square selbst in London Armut litt. Auf verhasste Spielkameraden ließ ich metaphorische Schneelawinen niedergehen, die ich aus dem Geografiebuch eines italienischen Lehrers kannte, das mein Vater aus einem brennenden Haus gerettet hatte. Ich schrie äthiopischen Soldaten die Sprache russischer Schriftsteller entgegen, feuerte revolutionäre Wörter ab, als wäre mein Mund ein Katapult. Literatur konnte eine Waffe sein. Aber hat sie auch meine Vorliebe für Ärsche beeinflusst? Ich weiß es nicht, aber ich war ungefiltert, mein Geist so unzensiert wie manche der Bücher, die ich las, etwa die Gedichte von Abu Nuwas aus der Abbasidenzeit, der über seine Liebe zu Männerpos schrieb, über die in Hosen verborgenen Geheimnisse. *Alles ist Liebe*, sagte der Dichter. Alles ist Liebe, wiederholte ich. Rückblickend rede ich mir ein, dass mein Vater mir all diese Bücher zu lesen gab, um die Literatur zu meinem Waisenhaus zu machen. Die geschriebenen Worte würden eine menschenähnliche Gestalt annehmen und mich die Liebe der Familie spüren lassen, die ich im Krieg verloren hatte. ኩሉ ይሓልፍ ፍቅሪ ትቐጽል – *kullu yihalif, fiqri yiterif – alles vergeht, die Liebe bleibt*. Nachdem mein Vater an diesem letzten Abend die Bücher im Garten begraben hatte, ging er zurück in sein Zimmer und trat kurz danach in einem blauen Hemd und dazu passender Hose, das lange Haar zurückgekämmt, wieder heraus. Der Himmel toste. Er sah nach oben und suchte zwischen den Schlieren der Flugzeuge bei den Sternen nach meiner Mutter. Sie war nirgends zu sehen. Als wollte er ihr in ihrem Geruch nahe sein, holte er sich eine ihrer Unterhosen, die er zu einem Quadrat gefaltet hatte, und steckte sie sich in die Brusttasche. Ein Männergesicht schob sich neben einer Öllampe hinter unserer Gartenmauer hervor. Es war der

13

Nachrichtenbringer. Er brachte eine Nachricht: Die eine Straßenlaterne, die der Verwalter der Besatzungstruppen unserer Stadt zugeteilt hatte, war angeschaltet worden. Da die ganze Stadt seit Tagen weder den Mond, die Sterne noch die Sonne gesehen hatte, lockte das Licht die Bewohner nach draußen wie ein Jahrmarkt am Strand. Los, schnell, Vater, sagte ich, als wollte ich sehnlichst sehen und gesehen werden, bevor es wieder dunkel wurde. Ich saß auf seinem Lenker, mein Rücken wölbte sich in den Wind. Er fuhr die staubige Straße entlang, die Nacht hüllte uns ein, ihre Hitze drang unter meine Haut. Ich dachte über meinen Vater nach, während er durch dunkle leere Straßen lenkte. Jedes Mal, wenn er ein Buch unter toten Körpern hervorzog, aus brennenden Gebäuden oder verlassenen Wohnungen herausholte, bekam sein Leben einen neuen Sinn, als wäre er frisch verliebt. Liebe steckt in so vielen Dingen: Ich sah sie in der Art, wie er jedes Mal, wenn er ein Buch fand, in sich hineinlächelte. Manchmal lag er nachts mit einem Buch in der Hand wach und inhalierte Wörter, die er nicht verstand, wie um neue Gefühle in sich aufzunehmen. Als wir vor dem Tor eines geschlossenen Cafés ankamen, das hinter türkis gestrichenen Mauern zwischen unzähligen Obstbäumen lag, nahmen die Flieger den Horizont wieder ein. Mein Vater bremste, und wir stiegen ab. Ich stand neben ihm, die Strahlen seiner Taschenlampe küssten die Guaven, Mango- und Orangenbäume. Blätter änderten im vorübergleitenden Licht die Farbe, Schatten hellten sich auf und verdunkelten sich wieder. Die Dunkelheit tat sich auf und empfing das Licht wie bei einer Wiedergeburt. Mein Vater weinte. Alles in Ordnung, Vater? Er antwortete nicht. Wir machten uns wieder auf den Weg zur Straßenlaterne. Tieffliegende Kampfjets zogen über uns hinweg. Unter uns bebte der Boden, als über den nah gelegenen Bergen Bomben fielen. Mein Vater strampelte schneller die löchrige Straße entlang, und ich versuchte seine Gedanken zu erhaschen, als wären sie die Partikel, die im Licht seines Scheinwerfers funkelten. Aber wie alles um uns herum waren auch unsere Gedanken zersplittert. Mein Vater fuhr langsamer und leuchtete mit seiner Taschenlampe umher, als könnte sich jeden Moment ein Feind auf uns stürzen. Noch mehr Flugzeuge, noch mehr Bomben. Der Horizont ging in Flammen auf, Flammen wie die, die das Leben meiner Mutter gefordert hatten. Unser Land wurde zu einer Räucherschale für unser Fleisch. Unsere Lieben wehten mit den Rauchschwaden in die Wolken, und noch heute machen Wolken mich melancholisch. ኩሉ ይሓልፍ ፍቅሪ ትቐጽል – *kullu yihalif, fiqri yiterif – alles vergeht, die Liebe bleibt.* Mein Vater fuhr um ein Auto herum, das neben einem einsturzgefährdeten Schrotthaufen auf dem Dach lag, Kaninchen steckten die Köpfe aus dem Bauch des Wagens. Am Anfang einer Reihe Häuser mit verbrannten Dächern empfing uns ein Lastwagen, dem Bäume aus der Motorhaube wuchsen. Mein Blick kletterte aus der menschenleeren Straße in den geschäftigen Horizont. Beunruhigt von der Gewalt hielten der Mond und die Sterne sich versteckt. Wie mein Vater stellte ich mir vor, dass meine Mutter über den Wolken, über dem Regen, über den Fliegern mit den Sternbildern durch den Himmel wanderte. Er würgte. Ich drehte mich zu ihm um. Vater, alles in Ordnung? Er antwortete nicht. Sein langes Haar wehte im Wind, verströmte den Geruch von Verlassenheit. Ein Blöken riss mich aus meinen Gedanken. Eine Ziegenkolonne marschierte auf uns zu, ihr Hüter döste auf seinem Eselkarren vor sich hin, während von seinem knochigen Hals eine Öllampe über einer verwundeten Ziege baumelte, die zusammengekauert auf seinem Schoß lag. Ein Vogelschwarm flog über ihn hinweg. Auch die Natur war dabei, uns zu verlassen. Vielleicht zog mein Vater deshalb seine Pistole und schoss auf die Vögel am Himmel, störte ihre Wanderschaft und meine Gedanken. Nachdem wir einen steilen, von den Stimmen der Toten bevölkerten Hügel hochgestapft waren, vorbei an einem Mann in Schwarz, der sich hin- und herwiegte, trabte eine Gruppe streunender Hunde unterschiedlicher Rassen an uns vorbei. Ein Verwundeter im Kampfanzug lehnte an einem Baum, Blut rann aus seinem Arm und nährte die Wurzeln, als verkörperte er die Metapher aus dem Gesang der Rebellen: Für unser Land geben wir unser Blut. Mein Vater wollte gerade anhalten und dem Mann helfen, da umringten die Hunde den verwundeten Soldaten und knurrten meinen Vater an. Wir setzten unseren Weg fort. Mein Vater keuchte. Ich drehte mich zu ihm um: Vater, alles in Ordnung? Keine Antwort. Eine alte Frau in einer traditionellen weißen Zuria mit blau bestickten Säumen saß allein zwischen einer Öllampe und einem Kaffeeset auf den Schuttresten eines zerstörten Gebäudes. Während sie über einem kleinen, mit glühenden Kohlen gefüllten Ofen in dem langstieligen Kännchen die Kaffeebohnen röstete, drehte sie den Kopf von links nach rechts, redete, kicherte, als plaudere sie mit denen, die gestorben waren, deren Seelen aber mit den Funken in der Dunkelheit aufleuchteten. Es roch nach Kaffee. Ein dumpfes Dröhnen war zu hören. Mein Vater zog seine Pistole und zielte in den Himmel, auf die Wolken und die Sterne dahinter.

Schieß nicht, Vater, sagte ich. Sonst triffst du noch meine
Mutter. Er steckte die Pistole zurück in seine Tasche, und
wir fuhren weiter. Die Rauchwolken, die die Kampfflugzeuge kreuz und quer über die Stadt zogen, wurden dichter. Unter der Veranda einer alten Schneiderwerkstatt
suchten wir Zuflucht vor einer erneuten Angriffswelle, als
säßen wir einen tropischen Regenschauer aus. Eine kahl-
köpfige Frau in einem weißen Kleid trat mit einer Gitarre
aus einem Haus in einen von Öllampen beleuchteten Vor-
garten. Nubiennachtschwalben kamen herabgeflogen
und sangen, während sie spielte. Mein Vater schluchzte.
Ich folgte der Richtung seines Blicks: der Himmel, schwer
vom Rauch, von der Liebe, die in seinen Augen schwelte.
Los, komm, sagte ich, und zog ihn am Arm. Ich saß auf
dem Lenker und summte, während wir durch eine leere
Straße rollten, dann strampelte er im Stehen einen Hügel
hoch. Oben angekommen setzte er sich wieder. Die Nacht
roch nach feuchtem Gras und seinem Schweiß. Er
gluckste, als hätte er geweint. Als wir bei der Asphalt-
straße ankamen, sprangen wir vom Fahrrad und schlossen uns der Menge an, die auf die Straßenlaterne zumar-
schierte. Die ganze Stadt war wie neugeboren, in Sentimentalität gehüllt, als wollten diejenigen, die nicht aus
dem Land fliehen konnten, sich zumindest ineinander
flüchten, in die Welt der Erinnerungen, die in den Augen
der anderen ruhte und im Licht der Straßenlaterne sichtbar wurde. Viele schlossen sich in die Arme, wie zu einem
letzten Tanz, wie bei einem Wiedersehen nach langer
Trennung. Ein junger Mann kippte einer Frau Kaugum-
mis in den Mund und beugte sich zu ihr, als wollte er von
ihrem warmen, mintfrischen Atem trinken. Manche
brachten ein Buch zum Lesen mit, Kinder ihre Hausauf-

gaben, ein Schneider, der seine Brille verloren hatte, schob blinzelnd seinen Faden durch ein Nadelöhr, um eine Wunde zu vernähen. Eine Gruppe Jugendlicher hatte eine Flasche Tej-Wein und Karten dabei. Ich erinnere mich, wie ich beim Anblick der Laterne genauso strahlte wie die Glühbirne, und meine Gedanken sich aufhellten. Mein Kopf platzte vor Tagträumen so bunt wie die Motten, die um uns herumflatterten. Optimismus erfüllte mich, als würde die Zukunft bei Nacht geboren. O Bina-B. O. B. B. Ich sah das Licht am Ende deines *O* durch deinen Tunnel scheinen. Das Gedränge um die Straßenlaterne wurde so groß, dass eine Schlägerei ausbrach. Im anschließenden Chaos wurde gestohlen, Grüppchen wurden auseinandergerissen, und die Worte von Liebenden verloren in der hitzigen Atmosphäre ihre Bedeutung. Murmeln, Schreien, Keuchen, Lachen, Weinen, Stöhnen und Schluchzen hallte zwischen den Mündern wider. Als in der Nähe eine Bombe einschlug und die Menge auseinandertrieb, war die kurze Rückkehr zur Normalität vorbei. Ich verlor meinen Vater. Die Menschen kreischten. Ich schloss die Augen und hielt mir die Ohren zu, und als ich sie wieder öffnete, war die Straße leer und ich allein im grellen Licht. In einiger Entfernung standen drei Soldaten. Ihr Blick war auf mich gerichtet. Ich flüsterte den Namen meines Vaters. Die Soldaten schauten sich an und lächelten. Blutend brachten sie mich meinem Vater zurück. Mein Vater wusch mich und brachte mich ins Bett. Als ich in dieser Nacht mit einem Stechen im Bauch aufwachte, war er im Garten, saß neben einer Öllampe unter dem Zitronenbaum, hielt ein Bild von meiner Mutter in der Hand. Ich wollte ihn nicht stören. Ich stand in der Tür und beobachtete ihn. Er sah auf. Der dichte Rauch, der tage- und nächtelang über der Stadt gehangen hatte, riss auf und verzog sich wie dicke Regenwolken. Der Mond schien. Die Sterne, sagte mein Vater. Ich kann die Sterne sehen. Ich kann sie sehen. Ich kann meine Liebste sehen. Er sank auf die Knie und brach zusammen. Vater. Vater, alles in Ordnung? Vater? ኩሉ ይሓልፍ ፍቅሪ ተቐጽል – *kullu yihalif, fiqri yiterif* – *alles vergeht, die Liebe bleibt.* O Bina-B lass mich in dich eintauchen und in deinem Frieden ertrinken. O.B.B. Bina-B tanzte über meinen Schoß, tanzte zum Klang meiner Geschichte und der Trauer, die fest in meiner Kehle steckte. Erzähl weiter, sagte er, während seine Hüften sich auf meinen Schenkeln wiegten. Er hielt inne, unterbrach seinen Tanz, wie man sich mitten im Satz unterbricht. In Gedanken versunken sind Menschen am anziehendsten, dachte ich. Ich drehte ihn mit dem Rücken auf die Bank, und als ich seine Beine hob, um tiefer in ihn vorzudringen, blühte die pinke Haut zwischen seinen Backen auf. Ich brachte Frühling in seine Tiefen. O B.B., ich nehme dich mit zurück zum Anfang meiner Reise nach London, zu Diana und zu dir. Nach dem Tod meines Vaters wurden das Tagebuch meiner Mutter und ich in der Familie herumgereicht, angefangen bei einer älteren Verwandten, die erblindet war, aber trotzdem noch in die Menschen hineinschauen konnte, bis zurück nach Keren zum Geburtsort meiner Mutter, wo ich bei dem Hausmädchen lebte, das seit der Geburt meiner Mutter für meine Großeltern gearbeitet hatte. Ich sagte Tante zu ihr. Sie hatte einen Sohn in meinem Alter, der Alem hieß. Meine Tante band sich ein Tuch um die Taille und sang von dem Tag, an dem ich zu ihr kam, bis zu dem Tag, als ich siebzehn wurde und wieder abreiste, immerzu dasselbe Lied. Eines

Tages platzte Alem ins Bad, als ich gerade unter der Dusche stand. Von da an wurde das Badezimmer zu einer Oase, in der wir gegenseitig unsere Körper erkundeten. Während der Krieg die Welt zerstörte, in die wir geboren worden waren, erschufen wir uns in unseren Körpern eine neue, und wenn wir unsere Finger in den anderen steckten, floss Lust zwischen uns wie Strom, in beide Richtungen. An Alem dachte ich an dem Abend, als ich mich für mein Date mit Bina-Balozi fertig machte. Ich war eine Geflüchtete, das Home Office musste mich erst noch anerkennen, aber das *O* auf Bina-Bs Rücken war die Heimat, nach der ich gesucht hatte. Man könnte mich für verrückt erklären, weil ich diesen Gedanken ausspreche, aber ich will es sagen und bin mir ganz sicher: Mein Geist ist unversehrt, trotz der Tragödien meines Lebens. Tatsächlich war bei klarem Verstand zu bleiben meine größte Leistung in einem ansonsten glanzlosen Leben, und Großes war, was meine Familie von mir erwartet hatte, als sie mich vor all den Jahren nach Europa geschickt hatte. Sogar mein Sexleben ist fragwürdig, ich stolpere von einer Beziehung in die nächste. In einer Zeit, in der es auf Klarheit und Definitionen ankommt, werden die Leute nicht schlau aus mir, wie auch, wenn ich selbst nicht weiß, wer ich bin. Wie ein Geliebter mir einmal gesagt hat: Hannah, du hast keine Form, dein Ursprung ist uneindeutig. Kann man ein Mysterium ficken, sich in ein Rätsel verlieben? Aber auch wenn ich mir selbst und anderen Herzschmerz bereite, möchte ich an der Fluidität, mit der ich lebe, nichts ändern. Und aus diesem »Hannah fickt lieber Männerärsche, als zu studieren« wollte ich hier gar keine große Sache machen. Aber da ein anderer eritreischer Geflüchteter meiner Familie genau diese Worte geschrieben hat, muss ich sie erklären und mich den Gerüchten stellen. Ich habe meine Familie nicht im Stich gelassen, ich habe nur mein Begehren gesteigert. Ich erinnere mich, wie ich in meiner Einzimmerwohnung in der Great Portland Street nackt vor meinen Kleiderschrank trat, um mich für mein Date mit Bina-Balozi fertig zu machen. Ich hatte in einem italienischen Restaurant in der Nähe der Tottenham Court Road einen Tisch reserviert. Mein Kleiderschrank war wie eine Erinnerungskiste. Alles darin erinnerte mich an einen bestimmten Moment meiner Geschichte: Migration, Liebe, Herzschmerz, Sex, Wein, Streit, Obdachlosigkeit, in den Straßen Londons hinfallen und wieder aufstehen. Ich wähle meine Kleidung immer sorgfältig aus, und kann mich dadurch noch nach Jahren an Momente des Scheiterns und des Erfolgs erinnern. Ein Kleiderwechsel ändert meine Stimmung genauso wie das Londoner Wetter. Darüber dachte ich nach, bevor ich mich für ein Outfit für mein Dinner mit Bina-Balozi entschied. Da waren mein brauner Tweed-Anzug, ein Ledermantel, ein Schaltuch und Lederschuhe, die ich trug, wenn ich so vielschichtig sein wollte wie James Baldwin. Ich besaß einen kurzärmligen Vintage-Jumpsuit, gekauft für meine Abendspaziergänge, nachdem ich von Londons industrieller Vergangenheit erfahren hatte, als müsste ich mich in der Geschichte der Stadt verwurzeln, um in ihrer Gegenwart Platz zu finden. Aber in dieser Nacht trug ich für mein Date mit Bina-B meinen zweireihigen Trenchcoat und Springerstiefel. Mit sexuellen Bedürfnissen wie meinen muss man für den ständigen Kampf gegen innere und äußere Kräfte gewappnet sein. Als ich meinen Strap-On umschnallte, lief das Chanson »La Vie en rose« und ich pfiff mit. Mein

Verlangen nach Bina-B war so unbändig, dass es sich anfühlte, als hätte ich meinem Körper den Strap-On eingepflanzt wie ein Organ: Seine Wurzeln gruben sich in den fruchtbaren Boden meines Seins, verzweigten sich in meinem Bewusstsein und meinem Unterbewusstsein, in meinen sinnlichen und wilden genau wie in meinen intellektuellen und spirituellen Seiten. Lust wogte in mir auf, und die Adern innen auf meinen Schenkeln traten hervor. O. B. B. Auf dem Weg zu dem Restaurant, wo ich mit Bina-Balozi verabredet war, verbarg ich mein langes, zu einem Knoten gebundenes Haar unter meinem gelben Filzhut wie ein dunkles Geheimnis. In der Tottenham Court Road kam ich an meinem liebsten Sexshop vorbei. Während ich einen Moment vor der Tür stand und im warmen, regenbogenfarbenen Neonlicht badete, dachte ich an meine Tante, die mich von Eritrea nach London geschickt hatte. London war nicht mehr das, was es für meine Verwandten bedeutete. Mein London war ein Ort für alle, die ein Zuhause in der Uneindeutigkeit suchten, in der Freiheit des Sowohl-als-auch, mit einem Fuß in der Dunkelheit und mit dem anderen im hellen Licht. Ich entdeckte mich hier nicht nur selbst, London entdeckte sich auch in mir. Das bedeutete frei sein für mich: Dass der Ort, an dem man lebt, in einem zu Hause ist, er und all diejenigen, die ihn ausmachen. Die sich die Kategorien, in die sie hineingeboren wurden, wie Sand durch die Finger rinnen lassen. Alle, die in ihrem Schmerz über sich hinauswuchsen, gehörten zu mir. Ich sah sie, denn London sah in meiner Neonhaut sich selbst. Laut. Lebendig. Ich streifte durch die Straßen und die schläfrigen Gassen. Ich sog die nach Curry duftenden Straßen der Sozialbausiedlungen ein, die Basilikum- und Oreganokästen vor den Fenstern eines mediterranen Restaurants, und die eingezäunten Gärten mit Lavendelsträuchern wie in der Provence. Ich schritt an einem Mann vorbei, der an eine Hausecke pisste. Der Wind wehte mir den Hut vom Kopf und ich lief ihm nach. In den Armen der Dunkelheit kam die Lust, und meine Gedanken hellten sich auf. O B.B. Das *O* stand für die Rose zwischen seinen schwarzen Backen, die sich auftat und meine schlaflosen Nächte in Farbe tauchte, das *B* für den Balletttänzer auf meinem Schoß. Es regnete. Ich stieß die Tür des Restaurants auf. Ein Kellner kam lächelnd auf mich zu und fragte, ob er mir den Trenchcoat und den Hut abnehmen dürfe. Ich sagte Nein. Wie Sie wünschen, Herr General, sagte er zwinkernd. Na, dein Trinkgeld kannst du schon mal vergessen, sagte ich. Er warf die Hand über die Schulter und stolzierte davon. An dem Tisch, den ich ganz hinten reserviert hatte, entdeckte ich Bina-Balozi. Er sprang auf und sah mich an, während ich auf ihn zukam. Er nahm die Hände aus den Taschen, ließ sie kurz hängen und steckte sie dann wieder hinein. Hey, Hannah. Ich beugte mich über den Tisch und umarmte ihn. Meine Gedanken schweiften zurück zu unserer ersten Begegnung in Kilburn ein paar Jahre davor. Er hatte sich nicht verändert. Er war genauso wenig gealtert wie die Unschuld in seinen Augen. Setzen wir uns, sagte ich, und zog meinen Stuhl zurück. Ja, ok, sagte er. Schicker Anzug, sagte ich. Wo hast du den gekauft? Oxford Street, sagte er. Hoffentlich recycelst du den nicht von anderen Dates. Ja, also, nein. Er winselte. Wie peinlich, sagte er. Wir lachten. Am Nachbartisch fiel scheppernd ein Messer auf einen Teller. Aber Bina-Balozi hielt seine Aufmerksamkeit auf mich gerichtet und fragte mit einem leichten Beben in der

Stimme: Na, wie fühlst du dich, Hannah? Jetzt oder insgesamt? Jetzt, sagte er. Na ja, ganz ehrlich, horny, sagte ich. Oh, ok. Er kicherte und rutschte auf seinem Stuhl hin und her. Und insgesamt? Ich zog mir den Hut seitlich ins Gesicht: Das macht im Moment keinen Unterschied, sagte ich. Köpfe drehten sich zu uns um, als er in lautes Gelächter ausbrach. Pst. Achte nicht auf die, sagte ich. Tja, du kannst es dir leisten, sagte er. Du bist wunderschön. Ich nenn es lieber frei, sagte ich. Klar, klar, sagte er. Frag mich warum, sagte ich. Er schluckte schwer, als hätte er seinen Stolz und den Schock über meine Direktheit gleichzeitig runtergewürgt. Aber das war mir egal. Er fragte. Warum, Hannah? Ich wollte ihm von der Zeit in meinem Zimmer bei Diana erzählen, als ich gerade erst angekommen war und noch nicht arbeiten oder studieren durfte, weil mein Asylantrag noch nicht bewilligt worden war, und davon, wie ich in diesem Zimmer in Kilburn, das sich wie ein Gefängnis anfühlte, gelernt hatte, frei zu sein. Aber ich schwieg einen Moment. O BB. Bina-Balozi ließ den Kopf sinken. Kannst du mich anschauen? Er brauchte ein paar Sekunden, länger als mir lieb war, aber er hob den Blick und sah mir in die Augen, voller Lust, als erwachte seine Libido auf Kommando. Er wollte sich schon zu mir vorbeugen, aber ich hielt ihn auf. Nicht, sagte ich. Er rutschte auf seinem Stuhl herum. Trotz seiner Nervosität wich ihm das Lächeln nicht aus dem Gesicht. BB, sagte ich. Übrigens nenn ich dich in meinen Träumen BB. Er gluckste. Ich suchte in seinem Blick nach Gedanken und versuchte mich zu beruhigen, er biss sich auf die Unterlippe. Wow, jetzt studierst du also, sagte er. Diana wäre stolz auf dich. Ich schnaubte: Was heißt das schon? Schau dich an, BB, du hast deinen Abschluss gemacht und jetzt arbeitest du in einem Fast-Food-Restaurant. Bina-B lehnte sich zurück und verschränkte die Arme vor der Brust. Hannah, ich spare für meinen Master, sagte er. Das wird schon noch. In dem Restaurant lief klassische Musik, und Bina-Balozi und ich verstummten gleichzeitig mit ihr. Übrigens, sagte BB nach einer Weile, ich hab dir was mitgebracht. Ich schielte in seinen Mund. Seine Lippen öffneten sich wie ein Vorhang und ich gierte nach dem Geheimnis dahinter. O.B.B. Er kramte in der Tasche seines Jacketts: Hier, sagte er, als Dankeschön für die Einladung. Es war ein Stapel Coupons für das Fast-Food-Restaurant, in dem er als Schichtführer arbeitete. Perfekt, sagte ich. Mein Studiengeld geht gerade zur Neige. Gern geschehen, Hannah. Dann machte er mir ein würdigeres Geschenk: Schweigen. Ich beobachtete ihn, wie er sein Kinn auf den Handrücken stützte. Er verfiel im Beisein anderer in Tagträumerei, das gefiel mir. Ich dachte daran, wie ich beim Sex mit Geliebten mittendrin in meine überschäumende Fantasie abgetaucht war, um dort weiterzumachen. Aber BB war anders. In meinen Gedanken begannen die Wunden, die anderen wie Lava in den Poren sitzen, zu glühen. O. Bina-Balozi. Ich ließ das Schweigen zwischen uns umherschweifen. Als er sich die Stirn rieb, zeichneten sich durch seinen Anzug seine Muskeln ab. Wie hielt er sich bloß fit, während er in einem Fast-Food-Restaurant arbeitete? Mein Verlangen strich über seinen langen Nacken, und sein Name verbrannte meinen Mund wie Brennholz. Er legte den Kopf schief. O. B. B. Hallo noch mal, sagte der Kellner, und riss mich aus den Gedanken. Ich sag Bescheid, wenn wir so weit sind, sagte ich. Er ließ die Speisekarten auf den Tisch fallen. Ich wollte gerade aufspringen und ihm nachlaufen, da legte Bina-Balozi seine Hand auf meine. Wir können auch woanders hingehen, wenn du willst, sagte er. Seine Berührung ließ meinen frostigen Blick schmelzen. Ich streichelte über die hervortretenden Adern auf seinem zitternden Handrücken. Es war sein Inneres, das ich erschüttern wollte. Ich erinnere mich, wie wir redeten, Geschichten aus unserer Vergangenheit austauschten. Ich erinnere mich, wie ich seinem Atem lauschte, wenn wir schwiegen. Ich erinnere mich, wie ich dachte, er ist wie ein abgeschiedener See, der im Sonnenlicht glitzert – alles an ihm verlockte zum Eintauchen. Während ich ihn schweigend anschmachtete, grub sich die Form zwischen meinen Schenkeln tiefer in mich, dockte ihre Nervenenden an den Quell meines Begehrens, wo verschiedene Kräfte, die der Geschlechter, der definierten und der undefinierbaren, herumwirbelten, aufstiegen und unterschiedliche Gestalten annahmen. Atemlos bat ich BB, mir unter dem Tisch seine Hand zu geben. Er rührte sich nicht. BB, kann ich deine Hand haben? Als er sie mir reichte, drückte ich sie und führte sie zwischen meine Beine. Er zog sie zurück, warf den Kopf zur Seite und starrte zur Tür. Bina? Schweigen. Bina-B, willst du mir etwas sagen? fragte ich. Er rutschte auf seinem Stuhl hin und her. Nach langem Zögern sagte er, Hannah, ähm, dafür bin ich noch nicht bereit. Das ist ok, sagte ich. Wenn du so weit bist, bin ich da. Er lächelte. Wir aßen, tranken, redeten und beendeten dann den Abend und versprachen, uns wiederzusehen, irgendwann bald mal, wie ich sagte. Die Venen zwischen meinen Schenkeln pulsierten, als wir uns umarmten, dann ging er zur Tür und holte seinen Regenschirm aus dem Ständer. Ich bestellte noch ein Glas Wein. Vom Alkohol, den ich mit Diana zu trinken

26

gelernt hatte, rauschten mir Erinnerungen an die langen, oft schweigsamen Abende mit ihr in ihrem Haus in Kilburn durch den Kopf. Die Flüchtlingsorganisation hatte mich zu ihr gebracht. Die Erinnerungen an diese Jahre tickten in meiner Brust. Ich trank und versuchte meine vom Regen noch verstärkte Melancholie zu vertreiben, dann verließ ich das Restaurant. In der Tottenham Court Road dachte ich über mein Begehren nach und darüber, wo es mich hinführte. Man hat mich seltsam genannt, schamlos, und für den dekadenten Drang verurteilt, Männer so in den Arsch zu ficken, wie sie mich ficken wollten. Als ich nach meinem Date mit Bina-B zum Fitzroy Square kam, zog ich meine Schuhe aus, um die toten Dichter nicht zu stören, Dichter, die hier gelebt hatten oder hierhermigriert waren und deren Seelen in der Luft von Bloomsbury begraben waren, wo ich sie entdeckt hatte, als ich obdachlos war. Wenn ich manchmal nicht mehr wusste, ob ich tot war oder noch lebte, ließen Gespräche mit toten Dichtern mich spüren, dass ich noch da war. Aber in dieser Nacht, nach dem italienischen Restaurant, unterhielt ich mich nicht mit ihnen. Schweigend saß ich auf einer Bank mit Blick auf den eingezäunten Garten auf dem Fitzroy Square. Ich zog meinen gelben Filzhut, meinen Vollmond in der wolkigen Londoner Nacht, ins Gesicht und verschränkte die Arme. In der vollständigen Abwesenheit von Menschen hinterließ schon der Anflug einer Idee eine Spur. Da kam mir ein Gedanke: Vielleicht werden unsere Fantasien wahr, wenn wir sie laut träumen. Aus vollem Hals brüllte ich mein Verlangen nach Bina-Balozis Haut in die Nacht. Ich weckte Borges aus seinem Schlaf. Schnaubend und schnaufend kam er zu meiner Bank, in Begleitung seiner schwarz-weißen Katzen. Seine Stimmung spiegelte sich in dem Gedicht, das er in den Schatten des Mondes auf meinem Kopf kritzelte. Darin versprach er, er würde im nächsten Leben, falls er noch einmal leben dürfte, mehr Fehler machen, unvollkommen sein, unhygienischer, mehr riskieren, mehr reisen, mehr Sonnenuntergänge betrachten, mehr Berge besteigen, mehr echte Probleme haben und weniger eingebildete. Ich wollte gerade selbst etwas dichten, mir genau das Gegenteil wünschen, als ich Bina-Bs Stimme hörte: Hannah? Er rief meinen Namen, als säße Lorca ihm auf der Zungenspitze und schrieb dort seine Gedichte über den Wein, die Vergänglichkeit, die Liebe, das Reisen und den Duende. Woher wusste er, dass ich hier war? Ich fragte ihn. Ich bin deinem Hut gefolgt, sagte er. Dem Hut, der mich nicht vor der Welt verbergen, sondern mich vor ihren Deutungsversuchen schützen sollte. Es schüttete. Bina-B spannte seinen Schirm auf. Hinter ihm wiegten sich die rosa Rosen des Fitzroy Square Garden im Wind. Meine Augen landeten auf seinen Lippen, als spazierten sie am Ufer seines luftigen Mundes entlang. O. Bina-B. BB trat einen Schritt auf mich zu. Hannah, hier. Er bot mir seinen Schirm an. Ich lehnte ab. Du bist es, der mich nass macht, wollte ich ihm sagen, während ich im Licht der Straßenlaterne sein Gesicht betrachtete. Er war so sanft wie die Nacht, frei von bitteren Gedanken. Seine prallen Lippen und die glatte Haut, die Augen umrandet mit Kohle aus meinen dunklen Gedanken, die Wangenknochen wie Sommervögel, als würden sie gleich mit ihm durch den schwarzen Regen fliegen. Bina-Balozi streckte seinen Arm und hielt den Schirm höher. Der dunkle, eng sitzende Anzug, den er bei unserem Date getragen hatte, hielt seine Knochen gefangen, und ich stellte mir vor, wie meine hungrigen Finger seinen Körper freilegten, mein Geist in sein Fleisch drang. Die Gedanken liefen in dieser lustvollen Nacht Amok in meinem Kopf, als Bina-B erst hüstelte, und dann sagte: Hannah, ich will ja, aber das ist nicht leicht für mich. Ich schlug den Kragen meines Trenchcoats hoch und zündete eine Zigarette an. Ich nahm einen langen Zug und schaute in den Regen. Verstehst du das, Hannah? fragte BB. Ein Leben lang versuchen wir uns in geerbte Vorstellungen zu zwängen, wollte ich ihm sagen. Lass uns unsere eigene Realität schaffen, nach den Ideen, die unsere Vorstellungskraft gebiert – denn sie gebiert ohne Geschlecht. Stattdessen sagte ich, Bina-B, ich will keine Erklärungen mehr hören. Diese Zeit ist für mich vorbei. Ich schnippte den Zigarettenstummel auf den Boden. Der Wind trug Reifenquietschen zu uns, fernes Hundebellen und die Sirenen von Polizeiautos. Der Klang einer Stadt im Konflikt mit sich selbst erinnerte mich an meine früheren Konflikte. Bina-B ging auf und ab. Er war wie ein Orchester ohne Instrumente, eine Stadt ohne Menschen, ein Fluss ohne Fische. Ich wollte in ihn eindringen und mich in ihm festsetzen wie ein Lesezeichen in einem Buch. Wir lebten im Schatten des Exils, im Schatten leerer Versprechen, in Häusern aus Pappkartons, in in den Sand gezeichneten Nationen: Frieden und Zukunft ergaben nur in unseren Köpfen Sinn. Komm her zu mir, BB, murmelte ich. Komm. Ich konnte mich nicht bremsen, wie ein Rennauto raste meine Leidenschaft mit mir durch neues Terrain. Ich war berauscht vom Geräusch seines Atems, völlig außer Kontrolle. Eine Sekunde lang wollte ich meine Arme um ihn schlingen, ihn dazu verführen, sich meiner Gier zu öffnen. Dann, nach einem Moment der Ruhe, versuchte ich ihn ganz sanft zu überzeugen, behutsam in diesen Moment zu führen, ihm zu zeigen, dass ich in seinem Inneren eine vergessene Welt finden würde, die er dann in meinen Augen gespiegelt sähe. In Wahrheit aber fühlte es sich an, als hätten sich unsere Seelen in den Warteschlangen, die Geflüchtete in diesem Land durchwandern, längst berührt, als hätten sich unsere Schultern in den Akten des Home Office, die unsere Geschichten enthielten, gestreift: Dort lagen wir nackt beieinander, bedeutungslos und ohne Würde, gebrochen, ausgeliefert, weder hier noch da. Ja, dachte ich. Wir sind uns begegnet, haben uns an den Händen gehalten, uns in unseren Geschichten berührt. Ich brauchte ihn gar nicht zu überzeugen. Wie gern hätte ich ihn gekannt, wie er früher war, ohne die Last seiner Fluchtgeschichte, einfach als Jungen, der nach dem Vorbild seiner Mutter zum Mann heranwuchs. Die Bäume auf dem Fitzroy Square knarzten und ächzten im Chor, sangen so herrlich wie ein eritreischer Lobsänger. BBs Schatten fiel auf die Gebäude um den Square, als wäre er Teil der viktorianischen Architektur. Mir wurde klar, dass ich alle meine Liebhaber mit Ländern oder Orten verglichen hatte, als hätte die Suche nach einem Zuhause die Grenze zwischen Körper und Land aufgeweicht, sodass beides nur noch Sinn ergab, wenn mein Begehren intakt war und aktiv. Ich streckte meinen Arm nach BB aus, um meine Suche ein für alle Mal zu beenden. Bina-B sah mich schweigend an. Meine Gedanken spitzten sich zu: Wieso können wir nicht lieben, ohne Fragen zu stellen, wieso muss ich ihn erst davon überzeugen, dass unser Begehren genauso schön ist wie unsere Hautfarbe, warum muss ich ihn auf meinen Schoß locken wie ein Jäger?

Selbst über unsere Art zu lieben muss erst verhandelt werden wie über unseren Asylantrag, alles hängt von unserer Glaubwürdigkeit ab. Aber was gab es da schon zu glauben oder nicht zu glauben, an zwei Immigranten, im Herzen von Bloomsbury, in den Tiefen der Nacht, die tun, als wären sie ein Mythos. Der Regen prasselte auf uns herab. Wasser tropfte durch die Löcher in BBs Schirm. Mit triefendem Gesicht fragte er mich: Wer bist du? Hannah, sagte ich. Er hatte wohl mein genüssliches Grinsen nicht gesehen. Sonst wäre er bestimmt nicht näher gekommen und hätte mich mit seinem verlorenen Blick noch hungriger gemacht. Ich hab dich einmal bei Diana getroffen, sagte er. Und noch ein paarmal danach, und ich hab gehört, was passiert ist. Er hielt inne. Was hast du gehört, Bina-B? Dass ich den Verstand verloren hab? Dass ich nachts unter meinem Baum auf dem Tavistock Square mit toten Dichtern debattiert habe, als wäre ich der Poets' Corner von Westminster Abbey? Dass ich im Gefängnis war? Dass mein Egoismus eine Frau in den Tod getrieben hat? BB klammerte sich fester an seinen Schirm. Regen hüllte ihn in einen Vorhang aus schwarzen Perlen. Er verschwand, als hätte sich die Szene nur in meinem Kopf abgespielt, wäre nur ein Traum von transzendentaler Verbundenheit. ኩሉ ይሓልፍ ፍቅሪ ትቐጽል – *kullu yihalif, fiqri yiterif – alles vergeht, die Liebe bleibt.* Es war sonnig an dem Tag, als ich von Keren nach London aufbrach. Aber das Wetter in mir änderte sich nicht. Die Berge, in denen die Italiener ihre Schlacht verloren hatten und wo ihre Apartheid unter den Füßen der Briten zerbröckelte, wölbten sich auf wie verwunschene Gräber. Diesen Teil der Geschichte, so schroff wie die Berge selbst, würde ich mit mir ins Exil tragen. Meine Tante stand neben mir und band sich ein Tuch um die Taille. Als sich ihr Schatten auf dem staubigen, steinigen braunen Boden in die Länge zog, begriff ich, dass sie damit verhindern wollte, dass ihre Wunden sie entzweibrachen. Ich löste meinen Blick von ihrer Silhouette und bewahrte eine große, vollständige und gewaltige Version von ihr in meiner Erinnerung. Auf dem Hang gegenüber unserer Veranda bestieg ein Esel einen anderen. Die empfangende Eselin kaute ungerührt weiter auf ihrem Gras, unbeeindruckt von der großen Waffe, die von hinten in ihr wühlte, die Haltung ungebeugt. Das, sagte meine Tante, ist eine Metapher für das Leben. Lass dich nicht unterkriegen, egal wie hart es dich erwischt. Ich prägte mir diesen Moment gut ein, und er wurde auf meiner Reise genauso unverzichtbar wie die Kleider, die ich mitnahm in ein Land, das, wie ich bald feststellte, nach einem ganz ähnlichen Mantra lebte, zu dem ich auf der Bank am Fitzroy Square auch Bina-B ermahnte: O B. B., *let's keep calm and carry on*. Meine Tante schlang ihre Arme um mich und sang: *Hannah, vor dir liegt ein gefährlicher Weg / dein Herz braucht Zähne / dein Herz braucht Zähne*. An diesem Abend schickte man mich weg aus Keren in das Land des Generals, der meinen Vater nigger genannt hatte. Es tut mir leid, dass ich dich dorthin schicke, sagte meine Tante. Aber du trägst unsere Geschichten in dir, und jede davon ist stark wie ein Löwe. Meine Tante kratzte Geld von Verwandten zusammen und bezahlte von dem Erbe meiner Eltern und Großeltern den eritreischen Schlepper, der in Abstimmung mit weiteren Schleppern meine Reise nach Großbritannien plante, eine Reise, die Monate dauern würde. Sie ließ mich eins ihrer Kleider anziehen, ein gelbes Baumwollkleid mit breitem Saum. ኩሉ ይሐልፍ ፍቖሪ

ትቐጽል – *kullu yihalif, fiqri yiterif – alles vergeht, die Liebe bleibt.* Und als ich an diesem Abend auf dem Kamel des Schleppers durch das Tal von Keren ritt, war es, als risse der Boden auf. Ich stürzte in den Abgrund, zog mein gelbes Kleid auf meinem Weg von einem Land ins nächste, durch Wüste, Buschwerk, Berge, hungrige und wütende Männer und durch die Wolken hinter mir her wie einen schlaffen Fallschirm. ኩሉ ይሓልፍ ፍቅሪ ትቐጽል – *kullu yihalif, fiqri yiterif –* alles vergeht, die Liebe bleibt. Als ich in Europa ankam, war mein Herz nicht nur voll vom Zorn meiner Familie und meines Landes gegen die Briten, sondern auch von Wut auf die Männer meines Kontinents. Die Geschichte der Fremdherrschaft ins Gehirn gebrannt, der Körper geschunden von meinesgleichen. Als mein Flugzeug durch die Wolken segelte und durch den Himmel über London glitt, den Himmel, dem ich meine Geschichte erzählen würde, der in seinen Wolkenmassen Platz hatte für Worte und Geheimnisse, da drohte London zur Rettung zu werden. Ich stierte hinunter auf eine Stadt, die sich über einen Fluss, Kanäle und Hügel hinweg erstreckte. High vor Optimismus malte ich mir mein neues Leben in meiner neuen Stadt aus, als mir einfiel, was ich nach Anleitung meines ägyptischen Schleppers vor der Landung zu tun hatte. Ich ging mit meiner Tasche zur Toilette. Ich zerriss den gefälschten ägyptischen Pass, mit dem ich es in Kairo durch die Zollkontrolle geschafft hatte, und spülte ihn runter und mit ihm die Last des Betrugs, der mich an einen sicheren Ort bringen sollte. Ich kehrte an meinen Platz zurück. Das Flugzeug landete, und wenig später stand ich vor einem Zollbeamten. Unsere Blicke trafen sich, und sein Grinsen erinnerte mich an die Begegnung meines Großvaters mit dem britischen General am Fuß der Berge von Keren. Der Beamte lehnte sich in seinem Stuhl zurück und das Licht an der Wand hinter ihm betonte seinen ironischen Gesichtsausdruck noch. Mein Bild von den Briten war noch lange geprägt von diesen Minuten, in denen ich am Einreiseschalter diesem Mann gegenüberstand, dessen Gesichtsausdruck sich verhärtete, als er mich musterte: Hallo, *passport please*? sagte er. Ich erstarrte. Er tippte mit dem Zeigefinger auf den Schalter. Mir fiel der auf Englisch beschriebene Zettel von meinem ägyptischen Schlepper wieder ein. Ich hatte in der Schule Englisch gelernt und beim Lesen der Bücher meines Vaters, von denen ein paar auf Englisch waren, aber laut meinem Schlepper sollte ich so zu tun, als spräche ich es nicht. Ihr Empire ist zwar schon lange zusammengebrochen, hatte er gesagt, aber sie fühlen sich immer noch gern überlegen. Du kommst besser durch, wenn du dich dumm stellst. Also senkte ich den Kopf und sagte: Ich nicht sprechen Englisch. Ich griff in meine Tasche und reichte ihm den Zettel. Darauf stand in Großbuchstaben: ICH SPRECHE TIGRINYA, AMHARISCH UND ARABISCH. ICH HABE KEINEN PASS. ICH KOMME AUS ERITREA, ICH FLIEHE VOR DEM KRIEG UND MÖCHTE HIER ASYL BEANTRAGEN. Er las, schüttelte den Kopf und griff zum Telefon. Ich atmete schwer. Wasser, bat ich auf Tigrinya. Was? fragte der Beamte. Wasser, bitte, sagte ich auf Arabisch, und als er noch mal nachfragte, sagte ich es auf Amharisch, auf Tigre, in allen Sprachen, die ich sprach, außer auf Englisch. Wasser. Bitte. Drei Männer in Uniform brachten mich in einem Kleintransporter weg vom Flughafen. Nach Wasser bettelnd erreichte ich London. Wasser, bitte. Das Auto fuhr so schnell, dass Bäume und

34

Straßenlaternen von der Geschwindigkeit geschluckt wurden. Die Trockenheit kroch immer tiefer in meinen Hals, als wäre die Wüste mir bis auf diese Insel gefolgt. Der Wagen rumpelte nacheinander über mehrere Bodenschwellen. Ich bat den Fahrer um Wasser. Er stellte das Radio an. Mein Bauch grummelte. Wasser, murmelte ich. Wasser. Als wir ankamen, erinnerte mich das mit Stacheldraht umzäunte Gebäude an das äthiopische Militärgefängnis in meiner Heimat. Drinnen auf den Fluren roch es dagegen wie in einem Krankenhaus. Ich nicht krank, sagte ich zu den Männern. Ich Flüchtling suchen sicher Hause. Was willst du? Ich nicht brauchen Krankhaus. Nur brauchen sicher Land. Er sagte etwas, das ich nicht verstand. *Listen*, sagte ich auf Englisch zu den Männern. Was? fragte mich einer von ihnen. Ich wiederholte, dieses Mal Buchstabe für Buchstabe, *L-i-s-t-e-n*. Der Mann schüttelte den Kopf. In diesem Land sagen wir *lisen*, sagte er. Ich fragte mich, warum sie das T weggeworfen hatten – und als fühlte ich mich mit dem seines rechtmäßigen Platzes verwiesenen Buchstaben direkt verbunden, gab ich dem T ein Zuhause auf meiner Zunge und sprach jeden Buchstaben langsam und deutlich aus: *listen*. Und während ich den beiden Männern eilig durch den Flur folgte, durstig, hungrig und außer Atem, meine Tasche gegen die Brust gedrückt, gab ich der Vorstellung nach, dass ich in einem Netz aus Krankheiten gefangen war. Der absurde Gedanke, dass Gesundheit mir gar nichts mehr nützte, munterte mich auf. Ich glaube, ich habe sogar erstaunt gelächelt. Die Männer brachten mich in ein kleines Zimmer mit einem schmalen Bett und einem rechteckigen weißen Tisch. Ein Beamter gestikulierte und fragte, ob ich etwas essen wolle. Ich schüttelte den Kopf. Ich brauchte Wasser, das ich dann in einem Zug trank. Mein Kopf war voller Fragen, manche so banal wie die nach dem Weg zur Toilette, andere Variationen des einen Gedankens, der mich vor allem beschäftigte: Was passiert jetzt mit mir? Ich lief im Zimmer auf und ab. Ich zog meine Schuhe aus und wieder an. Umherwankend stellte ich mir vor, ich würde wegen des gefälschten Passes gefoltert. Ich saß zusammengesunken auf dem Boden, hielt die Tasche mit dem Tagebuch meiner Mutter, ein paar Wechselgarnituren und dem gelben Kleid meiner Tante, das Männer in der Wüste zerrissen hatten, fest umklammert. Die Tür ging auf. Ein Mann bedeutete mir, aufzustehen. Ich roch Kaffee in seinem Atem. Als könnte ich ihn aus der Luft trinken, atmete ich tief ein und sprang auf die Füße. Er brachte mich in ein großes Büro, wechselte ein paar Worte mit einem schwarzen und einem weißen Mann, die an einem großen braunen Konferenztisch saßen, und ging. Die beiden Männer trugen ähnliche Anzüge. Seit dem, was in meiner Heimatstadt bei der Straßenlaterne und auf meinem Weg durch die Wüste passiert war, graute es mir vor gleich gekleideten Männern. Ich stand reglos in der Tür. Komm rein, sagte einer der beiden. Er strich sich durch das graue Haar. Als ich mich nicht rührte, zeigte er auf einen Stuhl. Setz dich, sagte er. Der andere, gedrungen und mit einem schmalen Schnurrbart, folgte mir mit seinem Blick, während ich zu einem Stuhl ging und mich setzte. An den weißen Wänden hingen Porträts von Männern und Frauen. Auf einem Ende des Tischs lag ein Stapel Zeitungen. Eine Frau kam in Regenjacke und mit einer roten Tasche unter dem Arm zur Tür hereingestürmt. Entschuldigen Sie die Verspätung, sagte sie und schüttelte den Männern die Hand. Als sie sich zu mir drehte, fiel Regen aus ihrem Haar auf mein Gesicht. Londoner Regentropfen streichelten meine Wange und Tränen füllten meine Augen. Die Frau begrüßte mich auf Arabisch. Tut mir leid, sagte sie, für Tigrinya konnten sie niemanden finden, aber man hat mir gesagt, du sprichst auch Arabisch. Ok. Sie setzte sich auf den Stuhl zu meiner Rechten, zwischen die Männer und mich. Sie redeten auf Englisch miteinander, so schnell, dass ich nicht alles verstand. Dann wandte sie sich zu mir und sagte, Hannah, ich soll dir ein paar Fragen stellen, und es ist in deinem Interesse, dass du die Wahrheit sagst. Ok. Sie werden deine Antworten in dieses Formular hier eintragen. Sie zeigte auf einen Stapel Papier vor dem schnurrbärtigen Mann. Das ist noch nicht der richtige Asylantrag. Den wirst du später zusammen mit einem Anwalt ausfüllen. Die erste Frage ist, wie lautet dein vollständiger Name? Hannah Xehay. Wie alt bist du? Siebzehn. Wie kannst du das nachweisen? Wie meinen Sie das? Na ja, Hannah, wenn du keinen Pass hast, wie können die Behörden dann überprüfen, ob du wirklich siebzehn bist? Ich zuckte mit den Schultern. Hannah, wenn du ihnen keinen Nachweis zeigst, könnten sie davon ausgehen, dass du schon volljährig bist, und dann behalten sie dich hier, bis sie irgendwie die Wahrheit rausfinden. Ich hab keinen Nachweis, sagte ich. In Ordnung, machen wir weiter. Wo bist du hergekommen? Eritrea. Warum möchtest du hier Asyl beantragen? Das war nicht meine Entscheidung. Wer hat es denn dann so entschieden? Meine Tante. Warum hat sie dich gerade hierhergeschickt? Dazu hat sie nicht viel gesagt. Ein paar Sachen über das Leben in diesem Land. Was zum Beispiel? fragte die Dolmetscherin. Sicherheit, sagte ich. Und Bildung.

Wie die Dolmetscherin verlangt hatte, verriet ich ihr ein paar Details von meinem Weg hierher. Ich erzählte ihr, dass es in der Wüste Berge aus Knochen von Afrikanern gab, was sie zu dramatisch fand, um es zu übersetzen. Dann erzählte ich ihr, dass ich ein paarmal fast umgebracht worden wäre. Aber das spielte für meinen Antrag alles keine Rolle. In Ordnung, Hannah, aber noch mal zurück zu dem, was deine Tante gesagt hat. Hat sie dir erklärt, warum du für Sicherheit und Bildung nicht auch in den Sudan oder nach Ägypten gehen kannst? Nein. Und warum nicht? Woher soll ich das wissen? In Ordnung, hast du Geschwister? Nein. In Ordnung. Gibt es hier einen Arzt? fragte ich sie. Wo tut es dir weh? Überall, sagte ich, aber vor allem in meinem Kopf. Hast du Kopfschmerzen? Nein, er ist nur voll mit Sachen, über die ich ständig nachdenken muss. Sie übersetzte, was ich den Männern sagte und was sie zu mir sagten. Hannah, einen Psychologen zu organisieren würde eine Weile dauern, und, tut mir leid, aber wir müssen mit den Fragen weitermachen. Ok, sagte ich. Hannah, wir haben Fragen zu deinem Pass, sagte sie. Mir drehte sich der Magen um. Ich spuckte auf den Boden. Einer der Männer, ich kann mich nicht erinnern welcher, wedelte mit dem Finger: Ekelhaft. Hier wird nicht gespuckt. Sein Kollege tätschelte ihm den Rücken. Danke, ist schon ok, sagte er. Aber ich nicht ok, sagte ich, auf Englisch. Ich nicht ok. Aber die Dolmetscherin fuhr fort: Hannah, ich muss dich nach deinem Pass fragen. Wie Sie wünschen, sagte ich und massierte mir die Stirn. Wo ist dein Pass? Ich habe ihn zerschnitten und die Flugzeugtoilette runtergespült. Warum? Der Schlepper hat gesagt, das soll ich so machen. Weißt du, wie dein Schlepper aussah? Ich dachte über ihre Frage nach. Er hatte braune Haut, aber er verhielt sich genau wie sie, sagte ich, und zeigte auf die beiden Engländer. Es ist zu deinem Besten, wenn ich das nicht übersetze, Hannah, sagte sie. Wie Sie wünschen, sagte ich, aber es ist die Wahrheit. Sie wandte sich den Männern zu und sprach mit ihnen in einem Tempo, bei dem ich nicht mitkam. Nach einer Weile sagte sie zu mir: Hannah, sie werden dich an eine Organisation überstellen, die Unterkünfte für minderjährige Geflüchtete vermittelt. Vermutlich werden sie dich in einer Pflegefamilie unterbringen, und du bekommst einen Anwalt, der dir helfen wird, deinen Asylantrag beim Home Office zu stellen. Sie erklärte mir, was das jeweils genau bedeutete, aber nach einer Weile musste ich sie unterbrechen. In meinem Kopf ist kein Platz, sagte ich. Hannah, sagte sie. Das ist erst der Anfang. Bitte pass auf. Das ist aber eine seltsame Warnung, sagte ich. Wenn ich keinen Platz im Kopf hab, dann hab ich keinen. Du bist nicht die erste Immigrantin, die mir das erzählt, sagte sie. Lass dich nicht von Erinnerungen über- wältigen. Aber keine Sorge, du wirst lernen, die Vergan- genheit loszulassen. Das ist der einzige Weg. ኩሉ ይሓልፍ ፍቅሪ ትቅጽል – *kullu yihalif, fiqri yiterif* – *alles vergeht, die Liebe bleibt.* O. B. B. Wie hätte ich dort in der Aufnahme- stelle ahnen können, dass ich die meisten der Regale mei- ner Erinnerung leer räumen und mit meinen Momenten mit Bina-B füllen würde? Ich erinnere mich, dass ich mir den Strap-On kaufte, nachdem ich BB am Abend vorher bei der Hausparty eines Freundes getroffen hatte. In einem Vintage-Hemd mit Blumenmuster und braunen Hosen hatte er dagestanden und eine Frau geküsst, die mit dem Rücken an der Wand lehnte und die Arme hän- gen ließ. Er wiegte die Hüften, drückte den Rücken durch und den Po raus, überließ seine Brust und seinen Nacken ihrem Mund, der verschlossen blieb. Alles an ihm schrie danach, erobert zu werden, geführt zu werden, hart rangenommen zu werden. Der Anblick dieses lasziven Geschöpfs in so gehemmter Begleitung erzürnte mich so sehr, dass ich beschloss, ihn Schritt für Schritt von seiner Freundin wegzulocken. Ich lud sie beide für die folgende Woche in mein Studio zum Abendessen ein, aber als ich in dieser Nacht in mein Studio in der Great Portland Street zurückkam, konnte ich nicht schlafen. Ich saß auf meinem Bett und dachte an ihn. Ich mietete die Wohung von einem älteren Griechen, dem die Fish-and-Chips-Bude gehört hatte, wo ich jahrelang hingegangen war. Eines Tages hatte er sein Geschäft verkauft und war in seine Heimatstadt zurückgekehrt, um dem Meer näher zu sein. Wir brauchen alle ein Meer, hatte er zu mir gesagt. Mein Meer ist eine Erinnerung, aus der Traurigkeit in meine Gedanken weht, sagte ich. Und das macht mich glücklich. Der Grieche bot mir sein Studio zum Freundschaftspreis zur Untermiete an. Weil ich weiß, sagte er, dass du dich genauso gut darum kümmern wist, wie du dich in all den Jahren in deinem Herzen um die Berge von Keren gekümmert hast. Als ich Bina-B und seiner Freundin die Tür zu meinem Studio öffnete, trat sie ein und sah sich um. BB aber blieb ganz auf mich konzentriert. Ich strahlte. Ich wollte keinen Geliebten, der meine Inneneinrichtung bewunderte, mit bedeutungslosen Nettigkeiten um sich warf und meinen Geschmack lobte. BB richtete seine Aufmerksamkeit auf meine Augen, als wären sie der Eingang in die Räume in meinem Inneren, die ich mit meinen Enttäuschungen, meiner Lust, meinen Lügen und Wahrheiten geschmückt hatte, wo ich fickte und gefickt wurde, wo ich nach Hilfe schrie, nur um zu hören, wie das Echo meiner Einsamkeit in den Ecken hallte. Und genau wie ich erwartet hatte, war Bina überwältigt von dem, was er durch meine Augen von diesen Räumen sehen konnte. Er kam näher und betrachtete, womit ich mein Inneres über die Jahre geschmückt hatte. Ich fragte mich, ob er das Tagebuch meiner Mutter entdeckt hatte, das im selben Raum lag wie der Schrein meines Vaters. Ich lockte ihn noch näher zu ihren Worten und zu diesem Moment, als ich die Aufnahmestelle verließ und die Worte der Arabischdolmetscherin über die Last der Erinnerungen von Immigranten mir in den Ohren klingelten. An meinem ersten Tag in London berührten sich die Bäume vor der Aufnahmestelle wie bei einer Umarmung. Pflanzen kletterten an Gebäuden mit farbenfrohen Türen und Fenstern hoch. Die Dolmetscherin sagte, die Regierung könne mir in nächster Zeit keine Therapie ermöglichen, ich müsse erst Jahre auf die Bearbeitung meines Antrags warten, aber ich fand Trost in der Londoner Luft, die auf der Fahrt zur Hilfsorganisation in das Auto hereinwehte. Als wir an einem Park vorbeirasten, flogen Schwärme von grünen Vögeln auf. Im Radio lief ein Lied mit so repetitivem Text, dass Teile davon sich leicht einprägten: *I'd give it all up for you / I'd give it all up for you / I'd give it all up for you.* Wir erreichten unser Ziel. Sie übergaben mich der Flüchtlingsorganisation wie ein zerfleddertes Buch voller Eselsohren, das sie alle zu lesen versucht und dann, nachdem sie über schwierige Sätze, verstörende Bilder gestolpert waren, mittendrin abgebrochen hatten und jetzt weiterreichten. Mein Schicksal lag in den keimverseuchten Händen eines Lesers. Mit schwerer Brust, die Ellbogen auf die Knie gestützt, saß ich zusammengesun-

41

ken auf einem Stuhl. Alles wird gut, sagte die Rezeptionistin, als sie mir ein Glas Wasser reichte. Ab und zu ging irgendwo eine Tür auf. Mitarbeiter kamen aus den Büros und verstreuten sich im Empfangsbereich. Nachdem sie mit der Rezeptionistin gesprochen oder sich ein Getränk aus der Küche am Ende des Flurs geholt hatten, verschwanden sie ohne einen Blick zu mir wieder in ihren Büros. Als einer von ihnen seinen Kopf in meine Richtung drehte, stand ich auf. Als er dann aber weiter starrte und nichts passierte, nahm ich an, dass er durch mich hindurchsah. Als wäre ich durch den Verlust meiner Heimat unsichtbar geworden. Ich fragte die Rezeptionistin, ob sie einen Spiegel hatte. Sie holte einen aus ihrem Schminktäschchen. Als ich mich sah, blieb mir die Luft weg: Es war, als blickte ich nicht in mein eigenes Gesicht, sondern in das von jemandem, dem ich vor vielen Jahren einmal flüchtig begegnet war. Ich versuchte zu begreifen, was sich in den wenigen Monaten seit meinem Aufbruch aus Keren verändert hatte – meine Gesichtszüge waren verstaubt, von Erinnerungen verdunkelt wie von einem Sandsturm. Ich pustete über den Spiegel, betrachtete mich noch einmal und bemerkte, dass keine Träume mehr in meinen Augen leuchteten und Leere sich darin breitgemacht hatte. Ich hatte wochenlang nicht geschlafen, und sollte ihnen jetzt eine Geschichte erzählen, die sie von meinem Recht auf ein Leben in ihrem Land überzeugte. Waren denn meine Wunden nicht so sichtbar wie die Fische in dem Teich auf dem Gemälde über dem Empfangstresen? Ich beneidete die Rezeptionistin um die farbigen Pflaster auf ihrem Ellbogen. Wenn ich könnte, würde ich mich von Kopf bis Fuß mit Hunderten von bunten Pflastern bekleben. Ich gab ihr den Spiegel zurück und setzte mich wieder auf den Stuhl. Ein Mann in einem blauen Overall und mit gelben Gummihandschuhen platzte durch die Tür und rollte einen Mopp in einem Eimer neben sich her. Der Chlorgeruch hing noch in der Luft, als er schon längst wieder weg war. Ein paar Mitarbeiter trugen Akten vorbei. Während sie miteinander plauderten, suchte ich in ihren Gesichtern nach Hinweisen zu meiner Situation. Aber viele hatten die gleiche Art von Maske aufgesetzt, die mir schon am Flughafen und im Ankunftszentrum aufgefallen war. War das etwas, das Eritreer und Engländer gemeinsam hatten, oder bloß noch etwas, das sie unserem Land geraubt hatten? Ich dachte über unsere Gemeinsamkeiten mit den Engländern nach und bedauerte, dass wir unsere Gefühle und Empfindungen auf diese Art verbargen, als mir ein noch düsterer Gedanke kam. Vielleicht hatten sie sich dazu entschieden, mich nicht zu sehen. Vielleicht wollten sie Frieden mit ihrer Geschichte schließen, indem sie die Vergangenheit begruben und mich gleich mit. Sonst hätten sie doch erkannt, dass ich die Folge einer Tragödie war, die ihr Land durch die Angliederung Eritreas an Äthiopien selbst verursacht hatte. Und doch musste ich sie jetzt hier in London erst von der Legitimität meiner Geschichte und meines Asylgesuchs überzeugen. Schlüssel klimperten in Hosentaschen und meine Augen rollten, als eine Münze klirrend auf den Boden fiel. Überall Geräusche. Schritte, schwere Schritte, schnelle Schritte, eilige Schritte. Pfeifen und Telefonklingeln. Pfffüüü pfffffüüüüüt Pfffüüü pfffffüüüüüt. Trrrrrrrrrr. Trrrrrrrrrr pfffffüüüüüt Pfffüüü pfffffüüüüüt Trrrrrrrrrr. Trrrrrrrrrr pfffffüüüüüt. Ich hielt mir die Ohren zu. Ich erinnere mich, dass ich dachte, ich wäre in einer Fabrik, die

Menschengeschichten verarbeitete, und dass ich an die Menschen dachte, deren Geschichten die Mitarbeiter in Aktenordnern herumtrugen. Ich erinnere mich, dass ich einen Mann in einem orangen T-Shirt mit Schweißflecken unter den Achseln einen Karton mit Akten vorbeitragen sah, und ich erinnere mich, dass ich dachte, wie schwer unsere Geschichten waren. Ich erinnere mich an eine Frau im Sari, die mit einem Stapel Papieren auf dem Arm den Gang entlangeilte. Ich erinnere mich an einen glatzköpfigen, bebrillten Mann mit eingefallenen Augen und einer großen Tasse Kaffee in der Hand. Er war es, der mich bei einer Frau namens Diana Omario unterbrachte. Iኩሉ ይሓልፍ ፍቅሪ ትቅጽል – *kullu yihalif, fiqri yiterif* – *alles vergeht, die Liebe bleibt.* Auf der Bank am Fitzroy Square zündete ich in Gedenken an Diana eine Zigarette an. Bina-B rief meinen Namen. Ich reagierte nicht. Ich konzentrierte mich auf die Bank, auf der ich saß. Wie die vielen Bänke, die ich in meinem Leben auf der Straße über die Jahre benutzt hatte, bestand sie aus dicken, verrottungsresistenten Holzlatten, die Insekten und Schimmel fern- und jahrzehntelanger intensiver Nutzung standhalten sollten, aber war sie auch robust genug für mein Verlangen, die Keime meiner Lust und für das, was ich mit Bina-B vorhatte? Ich lächelte. Je länger ich in dieser Nacht neben Bina-B auf der Bank am Fitzroy Square über meine Geschichte nachdachte, desto mehr gab ich von mir preis. Wie die Strahlen einer Taschenlampe beleuchteten Worte meine Realität aus unterschiedlichen Richtungen. Irgendwo hinter Bina-B strampelte ein Fahrradfahrer durch den Regen, so wie Bina-B und ich uns einen Weg zu etwas bahnten, das wir beide wollten. BB drehte sich um und überließ seinen Rücken meiner

Lust. O B.B. Seine Augen wanderten über den eingezäunten Garten, und ich fragte mich, was für ein Garten in
ihm wuchs. Nach einer Weile drehte er sich wieder zu mir
um und sagte, Hannah, ich habe das Gefühl, dass du, ich,
Anne und die anderen minderjährigen Migranten, die bei
Diana gewohnt haben, etwas mit ihrem Tod zu tun hatten.
ኩሉ ይሓልፍ ፍቕሪ ትቐጽል – *kullu yihalif, fiqri yiterif –*
alles vergeht, die Liebe bleibt… AUGEN: Hannah verlässt
den Tavistock Square… Reifen quietschen… Hunde bel-
len… Vögel zwitschern… Tauben gurren… Polizei-
sirenen… Lachen aus einem spanischen Hals… Fluchen
auf Englisch… sexy Worte auf Swahili… Finger bohren in
Nasenlöchern… Spucke fällt auf das Pflaster wie Hagel-
körner… arabische Musik… die Sonne tritt auf… grell…
überall Schweißtropfen auf Stirnen… heiß… sehr heiß…
c'est chaud… was habt ihr erwartet… die Sonne ist auf-
gebracht… zeigt den Mittelfinger und klettert auf eine
Wolke und verschwindet… der Wind frischt auf… Hannah
hört ihn lachen… puh… kalt ist es… englisches Wetter…
Regen fällt… überall rennende Menschen… Träume fallen
auf den Boden wie Münzen… klick-klack… klack-klick…
eine schwarze in Paris geborene und über Brüssel nach
London geschmuggelte Katze streift vorbei und schnappt
sich ein paar von den erotischeren Träumen und muss hef-
tig lachen über manche der perversen Londoner wie sie in
den Zwangsjacken ihres Anstands ihre Fantasien durch
die Gegend tragen… sie lacht… c'est une forme de servi-
tude c'est… geh zurück dorthin wo du hergekommen bist
schreit eine Londoner Katze… die Pariser Katze ignoriert
die Beschimpfung und läuft zurück zum Tavistock Square
und diskutiert mit den schwarz-weißen Katzen von Borges
auf dem Herbstlaub unter Hannahs Baum über Illusio-

nen... der Tag ist vorbei und die Nacht bricht an... der
Mond spielt mit London Verstecken und erscheint dann
teilweise... sein Licht ist überflüssig London strahlt von
innen... und vom Mond als Metapher hat niemand etwas
also verschwindet er wieder... hinterlässt eine Spur in dem
Funkeln in Hannahs Augen die auf ein parkendes Auto
gerichtet sind... und durch die Scheibe auf Lippen die
einen Schwanz lutschen... der Blowjob endet mit dem
Würgereflex... aber der Mann will noch eine Runde... also
kniet er sich auf den Fahrersitz... sein praller Hintern
presst gegen die Scheibe... Hannahs Herz macht einen
Sprung... fuck was für ein geiler Arsch ruft sie... Diana
wohnte in Kilburn, erfuhr ich vom Sozialarbeiter der
Flüchtlingsorganisation, einem großen Mann mit roter
Mütze und grauer Jacke, als ich auf der Rückbank seines
Autos saß. Der Sozialarbeiter stellte das Radio an. Ich
war auf dem Weg in das Haus einer Britin. Ich war auf
dem Weg zu meiner neuen Wohnung. Ich war drin. Ich
war drin. Ich war drin, drin, drin. Ich wiegte meine Tasche
auf meinen Schoß und kurbelte das Fenster runter. Wir
fuhren vorbei an Geschäften mit Schildern, auf denen
stand »House of Cards«, »Gifts« und »Welcome«. Ich war
drin. Wir überquerten eine Brücke über einen Fluss und
das Wasser unter uns schwappte auf und ab. Ich war drin.
Wir kamen an einer Uhr an einem hohen Turm vorbei,
von der ich glaubte, sie steuere den Zug der Wolken. Ich
war drin. Unser Weg führte vorbei an einer Post, vor der
eine Warteschlange sich einmal um den Block wandt. Ich
wollte den Fahrer bitten, anzuhalten, damit ich meiner
Tante einen Brief schicken und ihr sagen konnte, dass ich
drin war, da fiel mir ein, dass ich weder eine Adresse noch
eine Telefonnummer von ihr hatte. ኩሉ ይሓልፍ ፍቅሪ

ተቀጽል – *kullu yihalif, fiqri yiterif – alles vergeht, die Liebe bleibt*. Wir bogen in eine Seitenstraße ab. Luft strömte in mich hinein. Meine Wangen blähten sich auf. Getrieben von meiner Ungeduld, London endlich zu riechen, zu sehen und zu spüren, stützte ich mich in das offene Fenster. Während der Sozialarbeiter von einer Straße in die nächste, über Kreuzungen, Ampeln und durch Kreisverkehre fuhr, bewegten sich die Wolken über London nicht. Ich war drin. Mit einem Ruck kam das Auto zum Stehen und es quietschte, wie wenn man mit einem Kleidungsstück in der Tür hängen bleibt. Ich knallte mit dem Kopf gegen den Sitz vor mir. Tut mir leid, sagte der Sozialarbeiter. Mir tat es nicht leid. Nie war ich den Londonern auf den Gehwegen näher gewesen. Manche sahen aus wie ich, aber ich bemerkte auch eine Ähnlichkeit in denen, die anders aussahen, sich aber auf die gleiche Art ihren Gedanken hingaben wie ich. Ich war zwiegespalten angesichts dieser Gemeinsamkeit zwischen den Menschen auf dem Gehweg. Ich war in einer Stadt gelandet, die zu meiner Melancholie passte, dabei hatte meine Tante doch von einem ausgelassenen London gesprochen. Aus einer Stadt in einem Kriegsgebiet war ich in eine Stadt geflohen, die sich in einer anderen Art von Konflikt befand, in der die Menschen mit ihren Gefühlen und Gedanken kämpften. Leute stießen zusammen. Tut mir leid. Danke. Entschuldigung. Verzeihung. Als ich Männer auf der Straße in Betten aus Pappkartons schlafen sah, dachte ich, die Stadt wäre voll und ich hätte als Letzte ein Zimmer ergattert. Es nieselte. Während ich zwischen Traurigkeit und Freude, Angst und Begeisterung schwankte, raste das Auto weiter. Ich war drin, in einem neuen Land und mitten in dem Wirbelsturm in meinem Kopf. Ich war drinnen. Als meine Gedanken sich beruhigten, erregte eine Meldung im Radio meine Aufmerksamkeit. Der Moderator sprach langsam und deutlich, sodass ich ihn teilweise verstand. Er erwähnte, dass viele Menschen keine Arbeit hatten. Er berichtete über einen Bombenanschlag in London. Und als er gerade einen Beitrag über Rinderwahn beendete, wechselte der Sozialarbeiter den Sender. Unsere Blicke trafen sich im Rückspiegel. Im Radio fluchte ein Anrufer. *Fuck... Preise... so hoch... Fuck.* Der Moderator beendete den Anruf und entschuldigte sich. Er schlug vor, der Anrufer solle mal aus dem Fenster schauen und sich freuen, die Sonne scheine nämlich. Ich blickte in den Himmel. Die Sonne drang eine Zeit lang durch die Wolken und verschwand dann ganz. Wir sind da, sagte der Sozialarbeiter. Ich nahm das gelbe Kleid meiner Tante aus der Tasche und ließ es auf dem Autositz liegen, als könnte ich auch, was mir in der Wüste passiert war, einfach zurücklassen. ኩሉ ይሓልፍ ፍቕሪ ትቕጽል – *kullu yihalif, fiqri yiterif – alles vergeht, die Liebe bleibt.* In der Kilburn High Road stieg ich aus, kalte Luft schlug mir ins Gesicht. Ich schauderte. Ich erinnere mich, dass ich Menschen mit unterschiedlichen Akzenten dieselbe Sprache sprechen hörte und dachte, dass ich eine von ihnen und dieses Land mein Land und dieses Wetter mein Wetter werden würde und ich, statt zu jammern, weil ich ganz allein war, jubeln sollte, weil es noch etwas Neues zu entdecken gab, und sei es etwas so Kleines wie ein Regentropfen, der in die Spalte zwischen meinen Lippen glitt. Als wir in einer Seitenstraße unter einer Brücke durch zu Dianas Haus liefen, hörte ich über mir ein Gurren. Ich blickte auf. Auf Stahlträgern saßen Tauben mit aufgeplustertem Gefieder. Ein riesiger Kackeklecks landete auf meiner Schulter, was ich erst bemerkte, als Diana die Tür zu ihrem Haus, das aussah wie alle anderen Häuser entlang der baumreichen Straße, öffnete und sagte: Oh, du hast Taubenscheiße auf deiner Jacke. Sie holte ein Papiertaschentuch aus der Tasche ihrer Jeans. Der Sozialarbeiter unterdrückte ein Lachen. Diana, deine Ausdrucksweise! sagte er. Sie rollte ihre großen braunen Augen. Es war, als blickte ich in einen Spiegel. Sie sah aus wie ich, dachte ich, als sie ihr langes gelocktes Haar hinter die Ohren steckte. Sie wollte mich gerade umarmen, da wurde sie von einem Geräusch hinter mir abgelenkt. Oh Gott, nicht du schon wieder, murmelte sie. Ich schaute über die Schulter. Im ersten Stock des zweistöckigen Gebäudes gegenüber lehnte sich ein Mann aus dem Fenster. Er trug einen blauen Blazer und eine Krawatte um den Kragen seines rosafarbenen Hemdes. Schweigend starrte er mich an. Doch während er mich musterte, begann sein Pokerface zu bröckeln. Sein Gesicht nahm die Farbe seines Hemdes an, als wäre ich die Krawatte um seinen Hals. Er schlug das Fenster zu. Ich erinnerte mich an die Geschichte von dem britischen Offizier, der meinen Großvater an dem Tag, den er für den Tag seiner Befreiung, für einen Neuanfang gehalten hatte, so obszön beschimpft hatte. Diana nahm mich in die Arme. Sie duftete nach Rosmarin und Salbei, als wüchsen Kräuter aus den Poren ihres Nackens. Es ist so schön, dich kennenzulernen, Hannah, sagte sie und schloss die Arme fester um mich, als suche auch sie ein Zuhause in mir. Mit diesem Gefühl von Gegenseitigkeit trat ich in ihr Haus, als das Fenster des Mannes sich knarrend wieder öffnete. Ich riss den Kopf zurück und begann zu zittern. Komm rein, sagte Diana. Drinnen angekommen inspizierte sie mich, bevor sie dem Menschenkurier der Flüchtlingsorganisation ein paar Papiere unterschrieb. Vielleicht suchte sie nach blauen Flecken, um Missbrauchsvorwürfen vorzubeugen. Da war nichts, nichts zu sehen, zumindest noch nicht. Sie stellte meine Tasche im Flur ab und nahm mich bei sich auf. Ich werde dich allen vorstellen, sagte Diana. Sie sprach langsam. Alle war genau eine andere Person. Anne. Anne ist auf der Arbeit, sagte Diana und fügte hinzu, Na ja, glaube ich zumindest. Anne arbeitete in einem Fast-Food-Restaurant am Piccadilly Circus. Den Rest erzählt sie dir hoffentlich selbst. Diana kicherte. Ok Schätzchen, ich zeig dir alles. In dem zweistöckigen Reihenhaus gab es vier Schlafzimmer. Wohnzimmer, Küche und Toilette waren im Erdgeschoss. Im Wohnzimmer gab es einen kleinen Schreibtisch, einen Fernseher, ein Telefon und einen Kamin. Videos, Zeitungen und Bücher lagen um ein beiges Stoffsofa herum verstreut auf dem Boden. Ein hohes, weißes, L-förmiges Regal voller Bücher stand rechts neben dem Kamin. Ich ging langsam darauf zu. Mein Vater hatte all seine Bücher versteckt und vergraben, um die Wörter vor dem Untergang zu bewahren und für künftige Generationen zu erhalten, aber Diana stellte ihre Bücher aus. Die Cover hatten unterschiedliche Farben und Muster. Autoren, deren Namen ich von den Büchern meines Vaters kannte, standen neben anderen, die mir nichts sagten. Autoren aus verschiedenen Ländern standen im selben Haus Seite an Seite beieinander, als wären sie über Kulturen, Zeiten, Gender und Religionen hinweg ins Gespräch vertieft. Ich wünschte mir, ich könnte in das Regal klettern und zwischen die Bücher schlüpfen, die, die aufrecht standen, und die, die flach auf dem Rücken lagen, als machten sie eine wohlverdiente Pause vom Nachdenken über das Leben und seine Bedeutung. Magst du Bücher? fragte Diana, ganz langsam, und wiederholte jedes Wort, damit ich sie auch wirklich verstand. Ich nickte, und wir setzten den Rundgang durch ihr Haus fort. Küche, Essbereich und Toilette befanden sich am Ende des Flurs, der in den Schuppen führte, wo die Waschmaschine stand. Gehen wir weiter, sagte sie und stieg mir voraus die Treppe hoch zum Rest der Zimmer. Auf der Treppe blieb ich vor der Wand mit gerahmten Bildern von Dianas Eltern stehen. Die Art, wie mein Vater sein Schlafzimmer mit Fotos von meiner Mutter vollgehängt hatte, hatte mir gezeigt, dass Bilder mehr waren als ein Andenken an die äußere Erscheinung eines Menschen, jedes Bild war ein Tor zu einer Erinnerung, zu einem bestimmten Moment, einem Jahr, einem ganzen Leben. Die Wand an der Treppe war Dianas Archiv. Im ersten Stock lagen Dianas Schlaf- und Badezimmer. Sie öffnete ihre Schlafzimmertür. Ein Geruch nach Rosen und Gewürzen wehte durch die Luft und in mich hinein. Ich breitete meine Arme aus und sog hastig mehr von davon ein. Ist alles in Ordnung, Hannah? fragte Diana. Ich glaube, ich lächelte. Oder lachte. Durch den zweiten Stock ging ein kalter Wind. Diana lehnte eine schmale Leiter an die Wand am Ende des Flurs. Sie stieg hoch und schloss die Luke zum Dachboden. Als sie wieder unten war, zeigte sie auf die beiden von einem Bad getrennten Zimmer. Das neben der Treppe war Annes. Ich fürchte, da dürfen wir nicht rein, sagte Diana. Auf Annes Tür klebte ein großer Sticker mit einem schwarzen Panther. Anders als die anderen war Annes Tür nicht weiß, sondern dunkelgrün gestrichen, sodass es aussah, als käme der Panther bei der Jagd aus einem Wald herausgesprungen. Während ich das Tier betrachtete, das Anne zum Wächter ihrer Welt gemacht hatte, und mir ihr Zimmer vorstellte, hämmerte es in meiner Brust. Diana übertönte meine Gedanken: Komm, Schätzchen. Die goldenen Augen des Panthers verfolgten mich, als ich hinter Diana her ans andere Ende des Flurs trottete. Das ist dein Zimmer, sagte Diana. Nicht aufmachen, sagte ich. Diana drehte sich zu mir um. Dein Englisch klingt besser, als ich dachte, sagte sie. Ich spreche nur wenig, sagte ich. Ich bat um eine Schere. Warum? Eine Schere, wiederholte ich. Dann gehen wir noch mal ins Bad, sagte sie. Dort angekommen schloss ich die Tür und schnitt mir die Haare ab. Oh Gott, Hannah, was hast du gemacht? Deine schönen Locken. Warum hast du das gemacht, Hannah? Mein Fenster zeigte auf die Gleise der Jubilee Line. Ich steckte kurz den Kopf nach draußen. Der Himmel grollte, als zwei Züge aneinander vorbeirauschten. In Dianas Haus verliebte ich mich, auf mehr als eine Art, in den Londoner Regen. Zum ersten Mal bemerkte ich seine vielen Farben. Schwarz, wenn er auf die Gleise fiel, heller und bläulich, wenn er im prüfenden Licht der Straßenlaternen in kleine Teilchen zersprang. Auch bei meiner ersten Begegnung mit Anne regnete es. Am Abend meines ersten Tages bei Diana saß ich mit dem Tagebuch meiner Mutter in meinem Bett und schlug es auf, als bräuchte ich den Rat einer Mutter, um mein neues Leben zu beginnen, ihre Worte, um in dem Haus einer Fremden Halt zu finden. Aber als ich den ersten Eintrag gelesen hatte, schloss ich es gleich wieder. *Donnerstag. 11 Uhr abends: Manche Menschen wollen eine andere Art von Sex, und mein neuer Liebhaber, Xehay, versteht, dass ich begehre, was andere furchtbar und ekelhaft finden. Mein Licht kommt aus einem dunklen Ort. Ich bewundere, dass er bereit ist, diese Art der Liebe zu empfangen, obwohl es schmerzhaft ist, aber er liebt ja Schmerzen. Es befriedigt ihn, die Grenzen der Normalität zu überschreiten. Ach, wir werden so viel Spaß miteinander haben. Unsere Wünsche und Bedürfnisse ergänzen sich perfekt.* Ihre Worte blieben mir in der Kehle stecken, als hätte ich Knochen verschluckt. Ich begrub das Tagebuch unter meinem Bettlaken und stürzte zum Fenster. Ein Zug rauschte vorbei, schlingerte auf den Schienen entlang, aber selbst das Quietschen der Räder konnte die Stimme meiner Mutter in meinem Kopf nicht ertränken. In ihren eigenen Worten klang sie anders, als ich sie mir vorgestellt hatte. Mein Bild von ihr bestand aus Erinnerungen meines Vaters. Ich erinnere mich an die Nacht, als mein Vater mitten im Zimmer stand und im Licht einer Öllampe ihr Bild in den Armen wiegte, oder daran, wie er im Garten zu Abend aß, das Porträt meiner Mutter auf dem Stuhl ihm gegenüber, der Tisch mit roten Rosen bestreut. Manchmal saß er nachts im Anzug mit einem Glas Tej-Wein im Garten, den Blick in den Himmel gerichtet, als beobachte er ihren Abendspaziergang bei den Sternen. Er gab mir das Gefühl, meine Mutter wäre genauso romantisch gewesen wie er. Ihr in ihrem Tagebuch zu begegnen machte mir klar, dass mein Vater sich seine eigene Version von ihr erschaffen hatte. Meine Mutter ging mir nicht mehr aus dem Kopf. Sintflutartiger Regen setzte ein. Der Geruch der Gleise, von dem Diana gesagt hatte, es sei Teeröl, wehte mit dem unerbittlichen Rattern der Züge, die in beide Richtungen rasten, in mein Zimmer. Ich wollte mich gerade zu dem Tagebuch meiner Mutter ins Bett kuscheln, als die Stimme von jemandem, der Regen genauso sehr hasste, wie ich ihn liebte, durch meine Tür drang. Verfickt noch mal, bin ich nass. Das muss Anne sein, dachte ich. Ihre Stimme klang rau, wie von Verlangen erstickt. Ich öffnete die Tür einen Spaltbreit. Pommesgeruch stieg mir in die Nase. Ihre Haut quoll durch das durchnässte weiße Kleid. Mit ihrem kantigen Gesicht sah sie athletisch aus und so ungestüm wie der schwarze Panther an ihrer Tür. Die Augen unter ihren dichten Brauen waren schmal und dunkel. Londoner Sommerregen tropfte von ihrem langen, seidigen Haar. Was zur Hölle gibts denn da zu glotzen? fragte sie. Ich schlug die Tür zu und lehnte mich dagegen. Ihre Stimme hallte in meinem Kopf nach. Meine Brüste wurden hart, meine Nippel richteten sich auf wie Raketen, die gleich mit mir abheben würden. Musik dröhnte durch die Wand. Ich verließ mein Zimmer und schlich mich zu ihrem, zu dem schwarzen Panther an der Tür, zu den Stimmen der Sänger, die schworen, ihre ganze Leidenschaft in einer einzigen Nacht zu vergießen. Ein paar Textfetzen schnappte ich auf und sang sie später für Bina-B, während ich in dem umzäunten Garten auf dem Fitzroy Square meine Hände unter seinen Anzug gleiten ließ und die nächtliche Brise die Tatzen des wilden Tiers in mir aufblähte. *Let me…/ lick you up…/ …Let me play with your…/ Baby…/ I wanna be… man.* Ich kann mich nicht erinnern, seit wann Wut mich anzieht, seit wann Gewalt mir Lust bereitet. Aber ich will keine Geschichte daraus machen, wie ich mich damit abgefunden habe. Die erste Geschichte, mit der ich mich je abfinden musste, war mein Asylantrag, den ich über meine britisch-asiatische Anwältin und ihren britisch-eritreischen Assistenten, einen glatzköpfigen Mann mit Soul Patch, einreichte. Als ich meine Geschichte erzählt hatte, schrieb

die Anwältin sie auf und las vor, was sie auf dem Antragsformular notiert hatte. Sie haben ja fast alles weggelassen,
was ich dazu gesagt habe, warum ich geflohen bin, sagte
ich. Die Anwältin versicherte mir: Jeder der Beamten im
Home Office sucht nach Gründen, einen Antrag abzuleh-
nen, wir haben die Geschichte nur angepasst, damit du
bessere Chancen hast. Ich verstand nicht. Aber ich habe
Ihnen doch nur die Wahrheit erzählt, sagte ich. Ich weiß,
sagte die Anwältin. Und wir glauben dir, Hannah, aber
bitte vertrau mir, wir sprechen aus Erfahrung. Im Home
Office arbeiten Menschen, keine Maschinen. Und wir
müssen versuchen, sie unterschwellig auch emotional
anzusprechen. Der britisch-eritreische Mann erwähnte
etwas, das ich ihnen über meine Familie erzählt hatte.
Hannah, sagte er, denk daran, was mit deiner Mutter und
deinem Vater passiert ist, dann verstehst du, warum wir
sicherstellen müssen, dass dein Antrag Erfolg hat. Ich
dachte über den Erfolg oder Misserfolg von Geschichten
nach und dass es dabei auf etwas anderes ankam als die
Wahrheit. Die Anwältin bestätigte meinen Gedanken, als
sie sagte: Hannah, du willst in ein anderes Land, in eine
andere Kultur aufgenommen werden. Wir versuchen
deine Geschichte so darzustellen, dass sie nicht aneckt.
Ok? Ich schüttelte den Kopf. Ich hatte mir nichts ausge-
dacht. Was ich ihnen über die Briten erzählt hatte, stand
auch in den Büchern, die ich gelesen hatte. Ich bin hier,
weil die Briten mein Land an Äthiopien angegliedert
haben und das zu dem Krieg geführt hat, vor dem ich
geflohen bin, sagte ich und unterstrich damit nur etwas,
das ich bereits erwähnt hatte. Mein Vater würde mir nie
verzeihen, wenn ich all das nicht in meine Geschichte
packen würde. Die Anwältin verschränkte die Finger und

legte die gefalteten Hände vor sich auf den Tisch, auf meinen Antrag. Hannah, du musst das nicht machen, wenn du nicht willst, sagte sie. Aber du musst dich jetzt entscheiden, dieses Hin und Her können wir nicht gebrauchen. Ich dachte daran, wie sich das Gesicht meines Vaters aufgehellt hatte, wenn er mir ein Buch zu lesen gab, bevor er es vergrub, als baute er eine Wissenssammlung in mir auf. Ich flehte die Anwältin und ihren Assistenten an, meine Geschichte zu lassen, wie sie war. Noch mal, sagte die Anwältin, es geht in einem Asylantrag nicht um die Vergangenheit. Endlich begriff ich: Um in Frieden zu leben, musste ich meine Vergangenheit ausblenden. Sie erzählten mir von der Toleranz, die dieses Land zum Besten der Welt machte. Sieh uns an, wie wir hier in diesem Zimmer sitzen, sagte die Anwältin. Wäre das irgendwo sonst denkbar? Doch dieses Zimmer erdrückte mich. Wer sind wir denn, dachte ich, wenn wir unsere Geschichten verändern, verbessern und vereinfachen müssen, um in Frieden zu leben? Merken Sie nicht, wie widersprüchlich das ist? fragte ich die Anwältin. Was, Hannah? Dass ich in einem freien Land eine falsche Version von mir leben soll, sagte ich. Die Anwältin und ihr Assistent starrten sich einen Moment lang an. Ich will mit meinen Wunden leben und mit meiner Wut auf das, was dieses Land meinem Vater und seinem Volk angetan hat, sagte ich. Dann komm nicht her und bitte um Asyl, sagte der eritreische Assistent. Geh doch nach Italien. So grausam, wie die zu unserem Volk waren, kriegst du da bestimmt, was du willst. Ich stand auf. Gehst du jetzt nach Italien? fragte er. Die Anwältin berührte ihn am Arm. Ok, sagte er. Tut mir leid. Bitte setz dich wieder, Hannah. Ich denke, mit der Zeit wirst du die Dinge differenzierter betrachten. Unser Land ist nicht perfekt, aber es ist etwas Besonderes. Schweigen. Dann: Ich denke, es wird Zeit, dass wir weitermachen, sagte die Anwältin. Ok? Ich schloss die Augen. ኩሉ ይሓልፍ ፍቅሪ ትቅጽል – *kullu yihalif, fiqri yiterif – alles vergeht, die Liebe bleibt.* Ich bin bereit, sagte ich. Großartig, dann mal weiter, sagte der Assistent. Ich musste mich öffnen und alles ganz genau beantworten. Sie notierten meine Größe und mein Gewicht, meine Augen- und Haarfarbe, Details aus meinem Leben in Eritrea, das, was ich von der Lebensgeschichte meiner Eltern wusste, außerdem die Route meiner Reise nach Großbritannien, die Namen der Schlepper, die ich erfand, weil ich mich nicht erinnern konnte oder wollte, und ihre Vorgehensweise, als ob ich das wüsste, sowie die Gründe für mein Asylgesuch und wer mir die teure Flucht aus einem Kriegsgebiet bezahlt hatte. Sie rundeten die harten Kanten meiner Geschichte ab, ließen die brisanten Teile weg, hoben die gewaltvollen Konflikte zwischen afrikanischen Ländern als Gründe für meine Flucht hervor, sparten die unbequeme Wahrheit der Rolle der Weltordnung dabei aus, lösten mich aus meiner Realität und schufen die einfache, vorzeigbare Version einer Geflüchteten, die sich gut in die Zukunft dieses Landes einfügen würde. Sie machten Kreuzchen bei schwarzafrikanisch, weiblich, heterosexuell. Ich fragte mich, was passieren würde, falls mein Antrag abgelehnt wurde. Ich konnte mir nicht vorstellen, meine Geschichte zurückzulassen. Ich dachte an diejenigen, die abgeschoben worden und deren Geschichten im Home Office geblieben waren. Ich wollte meine Anwältin danach fragen, aber ich tat es nicht. Als ich das Antragsformular unterschrieb, fühlte ich mich alles andere als frei. Meine Geschichte wurde eingereicht und ich musste warten. Drück die Daumen, sagten sie mir. Was soll das heißen? Na ja, jetzt ist es Glückssache, sagte die Anwältin. Eine Geschichte ist keine Wissenschaft. Wenn sie über den Schreibtisch von jemandem wandert, der sie überzeugend findet, schaffst du es. Sonst nicht. Also wartete ich. In der Zwischenzeit lernte ich Diana kennen und kam Anne näher, ohne sie je kennenzulernen. Anne und ich begegneten uns nachts. Hier in Kilburn, im Nordwesten von London, im Herzen der Nacht, begann ich meine eigene Geschichte zu formen, eine Geschichte voller Schrecken und Schönheit. Sie gehörte mir allein, bis ich sie in der Nacht am Fitzroy Square mit Bina-Balozi teilte. O Bina-B. *O* für die Rose zwischen seinen schwarzen Backen, *B* für den Balletttänzer auf meinem Schoß. O BB, ich muss mal pinkeln, sagte ich. Um die Ecke ist eine Bar, sagte er. Ich starrte auf seine Lippen, dick und voll in der Mitte, wie eine Landebahn für meine Schenkel – gib mir deinen Mund, wollte ich ihm sagen. Sonst kannst du auch in deine Wohnung gehen und ich warte hier auf dich, sagte er. Nein, sagte ich und erinnerte ihn an die Zeit unter meinem Baum auf dem Tavistock Square... *AUGEN: Hannah wacht auf... schaut hoch in den Himmel und sieht die Sonne durch die Wolken brechen als wäre sie der Anus des Universums... das Bild entspricht ihrer Stimmung: sie ist hin- und hergerissen zwischen Optimismus und Trübsinn... es ist Montag und im Park verkündet jemand es sei Feiertag... sie lehnt sich an ihren Baum... Menschen marschieren auf und ab... hier ein Foto, da eins und dort drüben... lächeln... sag Cheers... wie sehe ich aus?... komm schon nur noch eins für die Nachwelt... der lange Pferdeschwanz von einem Mann mit Halbglatze in Wildlederjacke flattert im*

Wind... ein Mann und eine Frau betreten plaudernd den Park... doch da ist eine Distanz zwischen ihnen... mind the gap *will Hannah ihnen sagen aber ihre Aufmerksamkeit wandert zu einer Taube die mit einer Blume im Schnabel an ihr vorbeistolziert... Hannah schleicht hinter der Taube her... die Taube schenkt ihren blühenden Schnabel einer anderen Taube... sie reiben die Schnäbel aneinander und ziehen sich gurrend hinter Hannahs Baum zurück... es wird Abend... die Leute gehen nach Hause... Hannah legt sich auf den Rücken... die Tauben sind immer noch hinter ihrem Baum... ein Mann spaziert in einem grünen Cardigan und grüner Hose in den Park als wollte er sich tarnen... Hannah fragt sich was er zu verbergen hat... sie ist angespannt... wachsam steht sie auf und schnappt sich ihre Tasche... neben einem Baum am anderen Ende des Parks bleibt der Mann stehen... dann dreht er sich in Hannahs Richtung... er macht seine Hose auf und lässt seinen Schwanz raushängen...* Es war kurz vor neun Uhr abends und Diana saß im Wohnzimmer und schaute die Nachrichten. Ich nahm mir ein Buch aus dem Regal und setzte mich zu ihr. Die Regierung erlaubte mir nicht, zu studieren oder zu arbeiten, und ich lebte von dem Geld, das das Department of Social Security mir über Diana auszahlte, die davon einkaufte und mir den Rest als Taschengeld überließ. Diana schaltete den Fernseher aus und las mit mir. Die Haustür knarrte. Pommesgeruch durchströmte mich. Diana tippelte in die Küche, und ein paar Augenblicke später rief sie nach mir. Schau mal, was Anne uns mitgebracht hat, sagte sie. Hier, nimm du die Pommes und die Burger. Ich stelle das Eis in den Kühlschrank. Ich erinnere mich, wie alle immer Danke sagten und ich mich unwohl dabei fühlte, zu essen, ohne mich bei Anne zu bedanken. Ich wollte schon zu ihr gehen, aber Diana hielt mich zurück. Schon gut, Schätzchen, lass sie erst mal allein. Ich wollte fragen wieso, aß aber weiter. Ich dachte an Anne hinter der panther-bewachten grünen Tür. Meine Gedanken an sie begannen im Licht ihrer Abwesenheit zu glühen. Ihre gelegentliche Zärtlichkeit war wie ein fernes Licht, das nicht von ihrer dunklen Seite ablenkte, und ich wollte so gern in ihre Dunkelheit eintauchen. Nachdem ich den Burger und die Pommes aufgegessen hatte, blieb ich auf dem Weg in mein Zimmer vor Annes Tür stehen und wollte gerade klopfen, da war mir, als verzöge der schwarze Panther das Gesicht und knurre mich an. Ich erschauderte vor dem, was ich gesehen zu haben glaubte, und verschwand schnell in mein Zimmer. Ich drehte mich um. Anne hörte ihren Song. *You, you, you, you…/ let me freak you / You, you, you…* Manchmal ging ich durch mein Zimmer und dachte nach, setzte mich auf den Stuhl, an meinen Schreibtisch oder ans Fenster. Die Gedanken von dort drängten sich in meinen Kopf, als ich Bina-B betrachtete, wie er am Tor des Fitzroy Square Gardens stand. In meinem Zimmer bei Diana verlieh London meinen Gedanken Flügel und sie flogen mich näher an die Absurdität. Nur ein Knie auf der Brust, Hände auf den Unterarmen konnten mich in meiner neuen Umgebung und in der Realität verankern, und meine Fantasien von Anne, einer Londonerin, zogen mich wie ein Magnet zu dieser Stadt hin, deren Reize, und seien sie noch so versteckt oder geheimnisvoll, ich in Annes Augen sah. In einer Nacht, auf der Kehrseite eines weiteren mit Warten auf die Entscheidung des Home Office verschwendeten Tages, stand ich am Fenster und starrte in den Himmel. Die Verlockung, mit meinen Eltern zwischen den Sternen umherzuspazieren, war so stark, dass ich mich kaum dagegen wehren konnte. Dann trat Anne in meine Gedanken. Sie wühlte meine Sinne auf. Ich gab mich den Gedanken hin, ließ mich von ihrer imaginären Gegenwart leiten. Ich bohrte meine Nägel so tief in meine Haut, dass ich in dieser und noch vielen weiteren Nächten mit offenen Wunden schlief, durch die noch mehr wilde Vorstellungen sickerten. In einer Nacht wandte ich mich, während draußen die Züge der Jubilee Line in beide Richtungen an meinem Fenster vorbeischossen und die Sirenengeräusche anschwollen und abebbten, dem Zimmer zu, in dem Bina-Balozi gewohnt und das er irgendwann vor meiner Ankunft verlassen hatte. Der Boden war aus Holz, an den Wänden hingen Bilder von Meeren und Flüssen, die Bina-Balozi ausgesucht hatte. Die Wand hinter dem Bett in mattem Lila zu streichen war auch seine Idee, erzählte Diana mir. Ich bewunderte Bina-Balozis Stil und sein Feingefühl, noch bevor ich am Fitzroy Square von seiner inneren Pracht kostete. O Bina-B. Mein Kleiderschrank war immer noch leer, ich lebte aus meiner Tasche, für den Fall, dass mein Antrag abgelehnt und ich abgeschoben wurde. Noch hatte ich den schwarzen Holzschreibtisch und den Stuhl, den Diana für mich gekauft hatte, nicht benutzt. Auf dem Schreibtisch stand ein Wecker. Es war zehn Uhr morgens, an das Datum kann ich mich nicht erinnern. Aber ich erinnere mich an die Abende im Wohnzimmer, an denen ich Dianas Bücher las und mit ihr fernsah und mich fragte, warum es in den Seifenopern keine Schwarzen gab, ich erinnere mich, dass ich Diana fragte, ob es einfach nicht so viele schwarze Schauspieler gab, ich erinnere mich, dass sie lächelte und sagte, Lass uns darüber nicht sprechen, Schätzchen. Ich erinnere mich an die Songs bei *Top of the Pops* und dass ich Diana erzählte, wie gern ich mich kleiden würde wie einer der Sänger, der mit roten Haaren, einem Lederkorsett, engen hellen Hosen und Stiefeln auf die Bühne glitt. Ein paar seiner Songs lernte ich auswendig. Ich erinnere mich, dass ich einen davon summte, während ich aus einer Hose Shorts machte, Aufnäher auf meine Jeans nähte, meine Kleider an die Person anpasste, die ich im Begriff war zu werden, mir bei meiner Umwandlung in ein neues Wesen von Musik helfen und mich von Musikern leiten ließ. Mein Englisch verbesserte sich so schnell, dass Diana sagte, ich würde reden, als lebte ich schon seit vier Jahren in London. Von ihren Worten ermutigt, wagte ich mich aus dem Haus. An einem Morgen, an dem ein Regenbogen den Himmel schmückte wie eine Halskette, öffnete ich die Tür und schaute instinktiv hoch zu dem Haus gegenüber. Der Mann stand mit einem Buch in der Hand am Fenster. Während er mich angaffte, fragte ich mich, wie ein Buch seinen Blick so verfinstern konnte. Später saß ich in meinem Zimmer mit dem Tagebuch meiner Mutter auf dem Bett. Es hatte keine Datumsangaben. Die Einträge waren in Momenten verankert, in einzelnen Gedanken, als wäre ihr kurzes Leben auf dieser Erde nicht von der Zeit bestimmt, sondern von der Intensität, mit der sie ihre Gefühle auslebte. Ich blätterte ein bisschen und begann zu lesen. *Mittwoch. 1 Uhr nachts: Zum ersten Mal habe ich Xehay vor ein paar Wochen im trockenen Flussbett gesehen. Er war allein und schaute zu den Bergen, die so alt schienen wie seine Seele. Wie er so dastand – groß und kräftig –, sah er aus wie eine Akazie. Doch er wirkte auch zerstreut. Ein Windstoß wirbelte sein Haar in alle Richtungen. Er hielt einen Stock in der Hand,*

*und ich dachte, er wäre vielleicht ein Hirte, aber da waren
keine Tiere um ihn herum. Er war allein und schwenkte
den Stock in der Luft, als hüte er seine Gedanken. Diese
Widersprüchlichkeit zog mich an: Er brauchte eine Art von
Liebe, die ihn beruhigte, ihn auseinanderriss und wieder
zusammenklebte. Die Vorstellung, ihn auseinanderzuneh-
men und wieder zusammenzusetzen, erregte mich. Ich pfiff
nach ihm. Er drehte sich um und erstarrte und schaute
mich schweigend an. Ha. Meine Mutter versichert unseren
Verwandten, die meinen Charakter leid sind, ständig, dass
ich ein Herz habe unter meinem strengen Auftreten, aber
erst, als ich Xehay mit bebender Brust musterte, spürte ich
es. Es war, als wären wir uns schon in unseren Träumen
begegnet, als hätten sich unsere Wege in den Tiefen der
Nacht gekreuzt. Als kannten wir uns aus einem früheren
Leben, in dem Regeln und Traditionen uns getrennt hatten.
Doch auf diesem Gebiet war ich jetzt die Herrscherin. Ich
winkte ihn zu mir. Er kam und stand wortlos da. Tage später fiel er mir zu Füßen. Er liebt den Geschmack unseres
Landes an meinen Sohlen, und er verehrt die Freiheit, die
ich zwischen meinen Zehen vor den Kolonisatoren versteckt habe.* Ich warf das Tagebuch auf den Boden und zog
mir ein Kissen über den Kopf. Ich rollte mich zusammen
und presste die Knie an den Bauch. Dass sie in meinem
Leben, seit ich ein Baby war, abwesend gewesen war, verlieh meiner Mutter eine solche Macht, dass ihre Worte
schon bei der flüchtigsten Begegnung Besitz von mir
ergriffen. All diese Zeit hatte ich auf etwas gewartet, das
die Mutter, die mich geboren hatte und dann gestorben
war, greifbar werden ließe. In ihrem Tagebuch suchte sie
Zuflucht vor ihrem Grab und nahm in ihren eigenen Worten wieder Gestalt an. Ich konnte sie sehen und spüren.

Das dachte ich, als die Sehnsucht nach der Anwesenheit einer Mutter in meinem Leben mich wieder zu ihrem Tagebuch trieb. Ich strich über die Knicke in den Seiten, legte es auf mein Bett und ging nach unten. Es war später Abend, und sobald ich die Küchentür geöffnet hatte, drang Dianas Stimme, ganz schwer, wie mit Melancholie beladen, aus der Dunkelheit. Ich zuckte zurück. Bist du das, Hannah? Ich schaltete das Licht an. Ja, sagte ich, immer noch in der Tür stehend. Die Stereoanlage hinter ihr spielte Jazz. Der Raum roch nach Whisky. Vor Diana standen eine Flasche Whiskey und eine Flasche Rotwein. Was machst du denn hier um diese Zeit? fragte ich. Ich bin jede Nacht hier, sagte sie. Frag mich nicht, warum. Ich wollte mir Wasser holen, sagte ich. Sie schaltete eine Tischleuchte an, und das Licht überzog ihre Traurigkeit mit goldenen Schlieren. Diana, ist alles in Ordnung? Sie antwortete mit einer Frage: Hattest du einen schönen Spaziergang vorhin? Ich bin nicht weit gegangen, sagte ich. Das ist ok, sagte Diana, und versicherte mir, das Home Office würde mir seine Entscheidung ganz bald mitteilen. Woher willst du das wissen? Diana schnaubte: Es gibt viel, was ich nicht kann, aber auf meinen Instinkt kann ich mich verlassen, sagte sie. Danke, sagte ich. Ich geh jetzt wieder in mein Zimmer. Hannah? Ja. Kannst du gut schlafen? Ich wollte gerade antworten, da unterbrach sie mich. Das hätte ich nicht fragen sollen. Was für eine blöde Frage. Es ist bestimmt schwer für dich, oder? Neu hier zu sein, meine ich. Diana, es geht mir gut, sagte ich. Aber sie sprach weiter: Es tut mir leid, was sie dich hier durchmachen lassen, wo sie doch genau wissen, dass du schon genug gelitten hast. Ihr Atem wehte mir entgegen. Hast du Fisch gegessen? fragte ich. Sie lachte. Nein, sagte sie. Aber ich habe vorhin einen Fischverkäufer geküsst. Ihr Lachen verstummte. Sie trug noch das langärmlige grüne Kleid mit V-Ausschnitt, in dem sie ausgegangen war. Wie war dein Treffen? fragte ich. Date, korrigierte sie mich. Es war ein Date. Sie kicherte. Ganz ok, sagte sie. Das ist mein Schicksal. Ich werde für immer nach der Liebe suchen wie andere nach einem Zuhause. Schweigen. Diana stöhnte: Oh Gott, Hannah, es tut mir leid. Muss es nicht, sagte ich. Die Liebe und ein sicheres Land muss man suchen, und vielleicht findet man sie nie. Diana hastete um den Tisch herum und umarmte mich. Und als ich am nächsten Morgen nackt an meinem Fenster stand und den Sonnenaufgang beobachtete, erinnerte ich mich daran, wie sich ihre Brüste gegen meine gedrückt hatten. Ihre Brust war wie ein Raum voller Geheimnisse. Ich erinnere mich, dass ich mir schwor, ihr nicht noch mehr Probleme zu bereiten und meine Angelegenheiten für mich zu behalten. Ich lernte ein paar Songs von *Top of the Pops* auswendig, die ich mit Dianas Hilfe aufschrieb. An einem Abend, als Diana im Wohnzimmer die Nachrichten schaute, kochte ich Tee und sang dabei *I wanted to hear / Spinnin' mi round like a wheel on fire / Walkin'… on tightrope, my love's high wire…* Ich war mit meiner Tasse Tee auf dem Weg zurück in mein Zimmer, da stürmte Anne in einem langen, ärmellosen schwarzen Glitzerkleid mit Beinschlitzen auf ihrem Weg nach unten an mir vorbei. Ich stolperte. Tee schwappte auf meine Hose. Ich schrie auf. Sie fauchte: Bist du blind? Ihr Scheißflüchtlinge habt einfach kein Raumgefühl, oder? Und was ist mit dir? fragte ich. Du bist doch auch nicht von hier. Sie lachte verächtlich. Ich war schon dieselbe Queen, als ich hierhergekommen bin, sagte Anne, die als

kleines Mädchen adoptiert worden war. Ich wurde aus-
erwählt, ich musste dem Home Office nicht meine
Geschichte verkaufen, anders als du, Bitch. Oh, bitte
glaubt mir, bitte akzeptiert mich. Meine Hand zitterte, als
ich meinen Griff fester um den Henkel der Tasse schloss,
und ich war kurz davor, ihr den heißen Tee auf die schlaffen Brüste zu schütten, die aus dem tiefen Ausschnitt
ihres Kleids herausquollen. Was hast du vor? Los, komm
schon, sagte sie. Sie kam näher, ihr Gesicht berührte
meins, das Dunkel in ihren Augen erregte mich. Wärme
durchströmte mich mit jedem ihrer Atemzüge. Sie legte
einen Arm in meinen Nacken und packte mein Kinn mit
ihren Fingern: Ooh Baby, nicht traurig sein, sagte sie. Geh
hoch und mach, was immer du da oben machst. Ich hab
zu tun, ich geh jetzt ficken. Ich rannte in mein Zimmer
und schloss die Tür. Ich stellte meine Tasse auf den Tisch
und warf mich ins Bett. Ich war nass zwischen den Beinen, dabei bezweifelte ich, dass der Tee mich dort berührt
hatte. Lust hatte mich berührt. Mein Kopf versuchte zu
verstehen, was passiert war. Das Gefühl war so unvertraut wie dieses neue Land. Es war, als wären die Meere,
die ich überquert hatte, in mein Inneres geschwappt, hätten die Grenzen in mir verwischt, sodass Scham, Schuld,
Lust und Schmerz durcheinandergewirbelt wurden und
die Bedeutung tauschten. Ich war als Geflüchtete auf der
Suche nach einem sicheren Ort hierhergekommen, einem
Zuhause, wo ich die Träume meiner Familie verwirkli-
chen konnte, doch stattdessen blühte in den Tagen und
Nächten bei Diana mein Begehren auf. Das Pochen auf
meinen Schenkeln brannte und erregte mich gleichzeitig.
Schmerz entfachte meine Lust, versengte die Zweifel am
Sinn meiner Existenz. Irgendwo in mir drinnen erwachte

eine kehlige Stimme – wann oder warum ich die Stimmen in mir unterschiedlich benannt hatte, um sie auseinanderzuhalten, wie um der Vielzahl meiner Identitäten eine Stimme zu verleihen, weiß ich nicht mehr – aus einem langen Schlummer, um mir vorzuwerfen, ich sei egoistisch. Aber die Stimme der Vernunft war schnell zwischen meinen pulsierenden Schenkeln verbrannt. Ich öffnete das Fenster und ließ die Londoner Nacht in mein Zimmer. Und London kam und trug die Gespräche von Menschen zu mir herein, die gerade geboren wurden, starben, etwas Neues schufen, sangen, verführten, töteten und getötet wurden, Stimmen in Hunderten von Sprachen, und die von Anne, die gleich irgendwo da draußen jemanden ficken würde. Noch hatte ich die Stadt nicht, wie sie mich in meinem Zimmer, in all ihren Dimensionen entdeckt, denn obwohl ich schon eine Weile bei Diana wohnte, hatte ich mich noch zu wenig nach draußen gewagt. Jazz wehte in mein Zimmer und mit ihm die Songs einer zwischen ihren Bewohnern aufgesplitterten Stadt. Ich öffnete ihr meinen Körper, meine Seele, meinen Geist, wenn ich nackt am Fenster stand, am Fenster weinte, am Fenster masturbierte, wenn ich dumme Gedanken dachte und andere, die so tiefgründig waren wie die in den Büchern, die ich am Fenster las. Ich kämmte mir die Haare, während ich mit den Augen den vorbeifahrenden Zügen nachjagte. Ich massierte mir den Nacken, während ich den vor Melancholie überquellenden Himmel anschmachtete. Ich saß auf einem Stuhl am Fenster und legte die Beine hoch, sodass meine Schenkel die Lippen waren, aus denen der Wind den Londonern um die Nasen blies. Ich war wach, als der Morgen kam. Die Sonne sickerte durch mein Fenster und meine Augenlider. Als wollte ich meine Beziehung zu London, so eng sie in meinem Kopf schon war, weiter festigen, folgte ich Dianas Rat und ging für einen Spaziergang nach draußen. Das Fenster am Haus gegenüber stand offen. Ich schaute grimmig zu den Vorhängen, die im Wind rein- und rausflatterten. Schweigend hatte seine Gestalt noch mehr Gewicht. Ich kehrte zurück in mein Zimmer, zurück zu den Rushhour-Zügen, die einer nach dem anderen durch den aufsteigenden Nebel über die Gleise zischten und Passagiere zur Arbeit, in die Schule, an Tanz-, Spiel- und Entscheidungsorte oder zu Familienbesuchen brachten. Ich aber musste einen weiteren Tag in meinem Zimmer ausharren. Mit der Leere jedes einzelnen Tages, den ich mit Warten verbrachte, wuchs meine Bitterkeit. Ein Verdacht keimte in mir auf: Dieses ganze System war dafür gemacht, dass diejenigen von uns, die mit großen Träumen in dieses Land kamen, langsam die Hoffnung verloren, entmutigt wurden, dass wir uns von unseren Zielen verabschiedeten und, mit der Zeit, damit abfanden, dass wir in diesem Land den Briten auf dem Weg zum Erfolg als Trittleiter dienten. Als Diana mir erzählte, dass auch Bina-Balozi, wie Anne, in einem Fast-Food-Restaurant arbeitete, verstärkte sich dieser Verdacht. Ich gab meinem Mistrauen nach. Ich stellte mir vor, wie die Home Office-Officer, die über die Glaubwürdigkeit meiner Geschichte zu befinden hatten, von der Jubilee Line zu mir herüber schielten, als warteten sie nur darauf, dass mein Verstand zum Fenster herausgeflogen käme. An einem von Angst verdunkelten Morgen zog ich die Vorhänge zu und setzte mich aufs Bett, und wie ein schwarzes Loch sog die Angst alles Licht aus mir heraus. In solchen Momenten war mein Zimmer in London wie eine

Gefängnisinsel mitten auf den Britischen Inseln. Ich erinnere mich, dass ich mit angezogenen Knien auf dem Boden saß. Ich erinnere mich, dass ich mir vorstellte, wie ich mich völlig gleichgültig abschieben ließ. Ich erinnere mich, dass ich an meine Jugendliebe Alem dachte und daran, wie wir zusammen geduscht hatten. Ich erinnere mich, dass ich auf Dianas Sofa noch mehr von ihren Büchern las und mit den Figuren und Autoren diskutierte, als wäre ich der Mittelpunkt der Dinnerpartys auf den Seiten, ich erinnere mich, dass ich mit Diana über Literatur sprach und sie Autoren erwähnte, die mir gefallen könnten. Das ist noch nicht alles, BB. Ich erinnere mich, dass ich eines Tages einen Mann im Fernsehen sah und mir etwas an ihm gefiel, ohne dass ich genau wusste, was, erst im Schlaf verstand ich, warum er mein Herz schneller schlagen ließ. Die Dunkelheit enthüllte mein glühendes Verlangen. Ich erinnere mich, dass in diesen schlaflosen Nächten immer mehr Fantasien in meinem Kopf auftauchten und dass ich fürchtete, er könnte überlaufen. Ich erinnere mich, dass ich mir gerade sagte, ich würde diese Fantasien nicht verstecken, wie mein Vater seine Bücher im Boden versteckt hatte, sondern zeigen, wie Diana ihre Bücher zeigte, als ich plötzlich ein dumpfes Klopfen hörte. Erst dachte ich, es wäre draußen auf den Gleisen, aber so spät abends fuhren längst keine Züge mehr. Das Klopfen wurde lauter. Ich öffnete meine Tür. Es war Anne. Barfuß und im Bademantel stand sie vor mir. Hallo, Schmarotzer, sagte sie. Ich bin kein Schmarotzer, sagte ich. Bist du wohl, sagte sie, sitzt hier rum und lässt dich von mir durchfüttern. Tust du doch gar nicht, sagte ich. Ich zahle Steuern, damit dein fauler Arsch den ganzen Tag im Bett rumliegen kann. Komm, ich hab einen

Job für dich, sagte sie. Ich kann nicht arbeiten, sagte ich. Die Anwältin hat gesagt, das ist nicht erlaubt. Sie lachte. Gott, bist du komplett hohl oder was. Du bist zum Arschreiniger befördert, sagte sie kichernd. Ich hab ein Fickdate und dafür will ich schön sauber sein. Ich wollte die Tür wieder zumachen, aber sie hielt sie auf. Das war ein Scherz, sagte sie. Echt jetzt. Dann solltest du vielleicht mal an deinen Scherzen arbeiten, sagte ich. Sie lächelte gekünstelt. Sehr schlagfertig, sagte sie und fügte hinzu, Kannst du mir eine Flasche Shampoo oben aus dem Regal holen? Ich hatte gar nicht bemerkt, dass sie so klein war, dabei trug sie keine Absätze, um es zu kompensieren. Mein Verlangen nach ihr hatte sie größer wirken lassen als mich, und ihr Selbstbewusstsein hatte sie in meiner Vorstellung über ihre tatsächliche Größe hinauswachsen lassen. Ich dachte über unser überhöhtes Bild von denen nach, die wir begehren. Am nächsten Morgen rannte ich die Treppe runter. Diana fragte, ob ich mit ihr frühstücken wollte, aber ich lehnte ab und wollte gerade mit einer Banane wieder verschwinden, als die Haustür aufging. Das ist bestimmt mein Liebling, rief Diana und sprang auf. Ich wusste nicht, dass er noch einen Schlüssel hatte. Sie lief ihm entgegen. Bina-Balozi trat ins Wohnzimmer, mit einem Strauß Blumen in der Hand. Ist er nicht reizend? sagte Diana, als sie ihn mir vorstellte. Sie nahm ihm die Blumen ab und huschte in die Küche, um eine Vase zu holen. Als er mir die Hand hinstreckte, um meine zu schütteln, betrachtete ich sie und den langen Nagel an seinem kleinen Finger. Schon ein kurzer Blick auf seine Haut ließ mich die Grenzen meiner kleinen Welt durchbrechen. Ich begann so schnell von ihm zu fantasieren, dass mir die Luft wegblieb, aber meine Gefühle sanken tiefer, und unsere Begegnung auf der Bank am Fitzroy Square wurzelt in diesem Morgen, als ich ihn in Dianas Haus in Kilburn zum ersten Mal sah. Es war ein wunderschöner Morgen, oder vielleicht war es auch die von BB ausgelöste Entdeckung meiner wilden und energischen Seite, die den Morgen besonders machte. Diana rief Anne herunter. Anne erschien im Bademantel. Sie trug ihr Haar zu einem Knoten hochgebunden. Sie schlug Bina-Balozi auf den Hintern: Alles klar, Bruder? Hi Anne, meine Schöne. Sie umarmten sich. Danke, dass du mir neulich das Geld geliehen hast, Anne, sagte er. Ich gebs dir Ende des Monats zurück. Kein Stress, Bruder, aber ich will meinen Tanga zurück, sagte Anne. Welchen Tanga? fragte Diana, die mit einer blauen Glasvase zurückkam und sie neben die Obstschale auf den Esstisch stellte. Ach nichts, keine Sorge, sagte Bina-Balozi. Äh, wohl, sagte Anne. Der Perversling hat meinen Tanga geklaut, weil seine Tussi bei ihren Boys auf so was steht. Wo kommen wir denn da hin? Klappe jetzt, Schwester, sagte Bina-Balozi. Du blamierst mich vor dem neuen Mädchen hier. Wie du meinst, Perversling, sagte Anne. Bina-Balozi fuhr sich mit der Hand übers Gesicht und lachte nervös. Mein Kichern lenkte seine Aufmerksamkeit auf mich. Wie heißt du noch mal? fragte er. Flüchtling, antwortete Anne für mich. Das reicht, Anne, sagte Diana. Ach D, ein bisschen Spaß wird ihr nicht schaden. Sie ist hier schließlich in London, stimmts Bina-Balozi? Stimmt, sagte Bina-Balozi. In London überlebst du nur mit Humor. Entweder du lachst mit, oder es wird über dich gelacht. Wie heißt es so schön, ein bisschen Spaß muss sein. Ich bin gleich wieder da, sagte Diana und rannte hoch auf die Toilette. Anne trat näher an mich heran: Hast du gehört? Ein

71

bisschen Spaß muss schon sein hier in London. Mein Herz raste, als mich ihr morgendlicher Atem streifte. Was ist, fängst du jetzt an zu flennen? Na los. Würden mir guttun, deine Tränen, ich bin noch ganz wund von den zwei dicken Schwänzen gestern. Deinen Somali-Arsch hätte es bestimmt zerlegt. Ich bin keine Somali, sagte ich. Ihr seht doch alle gleich aus, Süße. Du bist eine von uns, wollte ich ihr sagen, aber als sie verächtlich Luft durch die Zähne sog, war es, als hätte sie alle Luft aus mir her- ausgesaugt. Sie drehte sich um, nahm einen Apfel aus der Schale und biss hinein. Schaaaa, sagte sie. Der ist ja scheiße sauer. Sie verzog das Gesicht. Na ja, sagte Anne. Sie nahm noch einen Bissen von dem Apfel und bot BB auch einen an. Er schüttelte den Kopf. Nein, danke, Sis. Du hast abgenommen, Bruder. Isst du nicht richtig, oder was? Doch, sagte Bina-Balozi, aber meine Sorgen sind wie Würmer. Du weißt, du kannst immer mit mir reden, sagte Anne. Ich bin für dich da. Die beiden standen in der Tür und Bina-Balozi ließ die Hände in die Jackentaschen glei- ten, Anne lehnte sich an die Wand und überkreuzte die Beine. Meine Ohren hingen am Klang ihrer Worte, der zwischen dem Akzent der Nachrichtensprecher, dem des Mannes am Fenster und etwas anderem, das ich bei mei- nen wenigen Ausflügen auf die Kilburn High Road auf- geschnappt hatte, changierte. In ihrem Sprechen ver- mischten sich nasale Ironie, emotionale Ausdrücke, Melancholie, Wunden, die mit sorgenvollem Über- schwang in meine Ohren sprangen. Ich wollte so gern nachahmen, wie lässig *Englisch* ihnen auf der Zungen- spitze lag – ein Englisch, das sich durch ihre Erfahrungen grub, bevor es ausgesprochen wurde, und dabei zu einer ernsten, spielerischen, zögernden Sprache wurde, reich an fremder Syntax. Ich legte die Banane zurück in die Schale. Anne löste den Knoten in ihrem Haar und ließ es sich über die Schultern fallen. Und, was treibst du so zurzeit? fragte sie. Arbeiten, Schwester, sonst nichts. Ich arbeite Schicht. Ich will meiner Mutter zu Hause in der Heimat ein neues Haus bauen. Das hat im Moment Vorrang für mich. Halt durch, Bruder, sagte Anne. Und nach einer kurzen Pause fügte sie hinzu: Ich wünschte, ich hätte auch irgendwo Familie, für die ich so was machen könnte. Andererseits, wie ich mich kenne, komm ich mit Erwartungen gar nicht gut klar. Sie lachte. Aber Bina-Balozi zog sie an sich. Komm her, Schwester, sagte er. Nach einem langen Moment schälte Anne sich aus der Umarmung. So, Bruder, ich geh jetzt wieder in mein Zimmer, aber wir gehen bald mal lecker italienisch essen. Du isst doch so gern Pizza. Ein Glück, dass ich dich hab, sagte Bina-Balozi. Anne holte sich Kaffee vom Frühstückstisch und ging. Bina-Balozi und ich waren allein. Er löste seinen Blick von mir, sah sich um und wippte mit dem Fuß. Ich starrte erst ihn an, dann die blaue Vase, als könnte ich ihn in den Rosen, die er Diana mitgebracht hatte, gespiegelt sehen. Als wären Blumen ein Spiegel für das Innere eines Menschen, senkte ich den Kopf und dachte darüber nach, was ich von Bina-Balozis Innerem gesehen zu haben glaubte, da fiel mir auf, dass mein Hosenschlitz weit offen stand. Ich hatte nichts drunter, und mein Schamhaar ragte heraus. Steht ihr zwei immer noch? fragte Diana, die von der Toilette zurückkam. Setzt euch doch, ich setze Teewasser auf. Sie sagte, ich solle mich zu ihr und Bina-B. setzen. Ich wollte gerade ablehnen, da zog Bina-Balozi seine Jacke aus, und als er sich umdrehte und sie über den Stuhl hängte, sah ich seinen Hintern. Ich rührte mich nicht. Er lockerte die über seine Oberschenkel gespannten Hosenbeine. Der Anblick seines knackigen, runden Pos löste in meinem Gehirn etwas aus. Ich fühlte einen Stier durch mein Blut stürmen, um ihn zu bespringen. Völlig verblüfft wischte ich mir den Schweiß von der Stirn. Hannah? Ja, Diana. Alles ok, Schätzchen? Ja, sagte ich. Alles ok. Ich schnappte nach Luft. Ich mach den Tee, sagte ich. In der Küche wanderten meine Gedanken zurück zu Bina-Balozi. Sein Hintern hatte meine Fantasie angeregt. Die Wucht meines Begehrens sprach zu mir – ließ Gedanken aufsteigen wie Lava, als könnten wir uns erst lieben, wenn wir als Aschepartikel im Wind verstreut waren, in Form und Gestalt nicht wiederzuerkennen. Ich ging ratlos auf und ab, bis das Pfeifen des Teekessels mich aus meiner Welt zurückholte. Ich brachte den Tee und einen Teller Kekse zum Esstisch. Ich saß da und beobachtete Bina-Balozi, wie er Diana geduldig zuhörte. Während er schwieg, gärten Gedanken in meinem Kopf, und viele davon hielt ich noch fest, als er schon längst gegangen und ich wieder in meinem Zimmer war. Sein bloßer Anblick warf so viele Fragen auf. Wie konnte ich Gefühle für ihn und Anne, zwei unterschiedliche Menschen, gleichzeitig haben, mit der gleichen Intensität? Mein Zimmer wurde zu einem Labor, in dem ich mit meinem Begehren experimentierte. Ohne eine Entscheidung des Home Office, ohne Schule, ohne Ausbildung und ohne Familie nahm Sex einen großen Raum in meinem Leben ein, alles andere verschwand in der Nacht. Wenn meine Liebe für Männerärsche eine Krankheit ist, dann heißt sie Gegenseitigkeit: das Bedürfnis, in meine Geliebten einzudringen und in sie hineinzusehen wie sie in mich. Jeder Teil ihres Körpers sollte sich den Formen meiner Lust öffnen, wie ich mich ihnen öffnete. Aber vielleicht war ich auch nur süchtig nach einem Anus, seit ich mit Alem in der offenen Dusche gestanden, seinen Körper gewaschen, seine Haut von Staub befreit und das Tor zwischen seinen Pobacken freigelegt hatte, das mehr war als ein Loch – das auf meinem Gaumen mehr und mehr Komplexität entfaltete, je fester ich mit der Zunge durch das *O* stieß. In dieser Zeit, während ich in einem Zimmer mit einer Bahnlinie auf der einen und dem Mann am Fenster im ersten Stock auf der anderen Seite auf die Entscheidung des Home Office wartete, lag in jedem dunklen Tunnel ein Versprechen auf Licht. O Bina-B. Ich erinnere mich an den Moment am Fitzroy Square, als ich ihn genug gefickt hatte, ihn umdrehte und sagte, Jetzt fick du mich. Das Wetter schwankte zwischen Regen und Wärme, Ruhe und Wind. Ich aber war ganz besessen von dem Wetter, das ich in Bina-Bs Innerem erzeugte. Beim Anblick des üppigen Frühlings, den ich seinem Körper in dieser Regennacht brachte, dachte ich, wenn ich das Wetter neu erfinden kann, kann ich auch die Liebe neu erfinden. Lichter schwebten mit den durch die leeren Straßen schlendernden Dichtern um den Fitzroy Square wie BB um mein Herz. Ich weiß nicht mehr, ob es Bina-B war oder ich, aber einer von uns murmelte: *Es hat etwas Einsames, sich zu verlieben.* O. B.B. Bitte fick mich jetzt. Sobald die Worte über meine Lippen geglitten waren, senkte er den Kopf. Befriedigung durchströmte mich, als er schon bei der Vorstellung, in mich einzudringen, was viele für selbstverständlich hielten, zögerte. Das war die Welt, in der ich leben wollte, eine Welt, in der Lust auf Gegenseitigkeit beruht, in der wir nicht in Gewissheiten hineingeboren werden, sondern uns mit unseren Gefühlen und Vorstellungen wandeln dürfen, in der die einzige Gewissheit die ist, dass wir die Erfahrungen machen dürfen, die wir wollen. BB hielt meine Hand. Wir klebten aneinander, sahen uns tief in die Augen. Es war, als hätte er mich in den wütenden Himmel gehängt: Blitze zuckten durch meine Haut, und während ich zitterte, jagte ich den schwarzen Panther in seinen Augen. Ein Regenbogen spannte sich durch seine Atemwolken. Er spreizte meine Beine. Kein Drücken, kein Stoßen. Er kam in mich wie ein aufmerksamer Gast, der an der Tür seine Schuhe auszieht und all seine Erwartungen ablegt. Einmal in mir bewegte er sich nicht. Sein Mund blieb so still wie sein Penis. Er lehnte sich zu mir. Geschichten von Gewalt, Kriegen gegen Kolonialmächte, Bürgerkriegen, von fremden Religionen, Definitionen, Traumata und Flucht segelten auf unserem Atem hinaus. Schweigen floss durch unsere Adern, unter unseren Poren, als hätten wir den Nil mit in diese Frühlingsnacht geschmuggelt, damit er unsere Vorstellung befruchtete. Seine Brust wog schwer von den Geschichten, die er an meine drückte. Er liebte mich mit den Worten einer Volkssage von Menschen, die in der Gestalt von Bäumen vom Horizont hängen – nie habe ich etwas tiefer empfunden. Bina-Balozi war gewesen, was man einen Kindersoldaten nennt, nur dass er nicht um die Freiheit eines Landes gekämpft hatte, sondern um seine eigene. Als er vier war, hatte sein Vater ihn in ihrem Dorf auf den Schultern zum Markt getragen. Bina-Balozi hatte sich an diesem Tag zum Gesicht seines Vaters vorgebeugt und gesagt, Daddy, wenn ich groß bin, will ich werden wie meine Mutter. Der Vater setzte den Sohn ab und gab ihm eine Ohrfeige. Doch das bestärkte Bina-Balozi nur in seinem Entschluss. Er sah seiner Mut-

ter zu, wie sie im Dorf und zu Hause ihrer Arbeit nachging, während der Vater ihr Geld versoff und verspielte.
Bina-Balozi ahmte sie in jeder nur möglichen Weise nach:
Wie sie sich auf schmalen Wegen durch ihr Dorf und ihr
Leben wand, wie sie der Stille um sich herum lauschte,
wie sie lächelte, lachte und kochte und wie ihr Gesicht
juckte und zuckte. Ihre Art zu gehen, ihr Hüftschwung,
fand ihren Weg bis auf meinen Schoß. Oh, Bina-B. Als
Bina-Balozi neun wurde, bemerkten die Leute, wie ähnlich er seiner Mutter war. Er war so groß und schlank wie
sie. Als Teenager verwandelte er sich dann zu einem Zwil-
ling seiner Mutter, wie er es sich immer gewünscht hatte.
Bina-Balozi bestärkte mich darin, dass wir uns durch
unsere Vorstellungskraft noch einmal neu gebären können. Unsere Vorstellung gebiert ohne Geschlecht. Bina-
Balozis Leben in seinem Heimatort endete in einer Nacht,
in der sein Vater betrunken nach Hause kam und mit
einer Taschenlampe in der Hand in die Wellblechhütte
trat, in der sie zu dritt lebten. Der Vater schüttelte seine
schlafende Frau und sagte, sie solle aufstehen, denn Er
Hatte Hunger. Bina-Balozi sah alles und wusste, welche
Art von Hunger der Vater meinte. Ich geh pinkeln, und
wenn ich zurückkomme, bist du bereit, sagte der Vater zu
seiner Frau, und stolperte aus der von Bäumen umstan-
denen Hütte. Bina-Balozi folgte seinem Vater und wartete draußen auf ihn. Der Vater pinkelte an einen Baum,
und als er sich umdrehte, fiel das Licht seiner Taschenlampe auf Bina-Balozi, der das Kleid seiner Mutter trug.
Amma, was machst du hier? fragte der Vater. Lass es uns
hier machen, sagte Bina-Balozi in der Stimme seiner
Mutter, die zu seiner wurde. Er nahm seinen Vater an die
Hand und führte ihn weg von der Hütte. Der Vater wurde

nie mehr gesehen. Bina-Balozi brach auf nach London. Die Zukunft, die sie in ihrem Sohn gesät hatte, brachte seiner Mutter Frieden und Wohlstand. Bina-Balozi baute ihr ein neues Haus aus Beton und schickte ihr jeden Monat die Hälfte seines Lohns. O Bina-B. Am Nachmittag des Tages, an dem ich Bina-B in Dianas Haus zum ersten Mal gesehen und er verschiedenste Kräfte und Dynamiken in mir geweckt hatte, verschlangen Diana und ich einen Fleischeintopf mit Kartoffeln, den wir gekocht hatten. Den Rest des Tages verbrachte ich in meinem Zimmer, hielt das Tagebuch meiner Mutter in der Hand und starrte es an. Immer wenn ich es aufschlug, spielte mein Kopf die Szenarien durch, die mir als Nächstes begegnen könnten. Schon in ihrem ersten Eintrag deutete sich an, dass zwischen meinem Vater und ihr etwas Seltsames passiert war. So verbrachte ich die folgenden Wochen. Immer wenn Diana vorschlug, wir könnten einen Spaziergang machen und einen anderen Teil von London erkunden, war ich unschlüssig, ob ich Ja sagen oder drinnen bleiben sollte. Neben dem Mann von gegenüber fürchtete ich auch, ich könnte London zu sehr lieben, ohne zu wissen, ob das Home Office mir erlauben würden zu bleiben. Als ich das Diana erzählte, sagte sie mir, dass es ihr bei Männern genauso gehe. Und jede Art von Angst schränkt unsere Beziehungen ein, sagte sie. An einem Morgen wachte ich mit ihren Worten im Kopf auf, ich schlüpfte in meine Kleider und verließ, ohne mein Gesicht zu waschen, das Haus, um spazieren zu gehen. Der Schlaf in meinen Augen verschleierte mir die Sicht. Ich rieb sie mir und hob den Kopf. Der Blick hoch zum Fenster gegenüber, wenn ich vor die Tür trat, war genauso obligatorisch geworden wie der Blick nach rechts und links, bevor ich eine Straße überquerte. Der Mann trug einen grauen Anzug, und als er sich vorbeugte, um eine Zigarette anzuzünden, baumelte seine Krawatte aus dem Fenster. Er nahm einen langen Zug und blies Rauchringe, die mir den Geist benebelten. Kurz glaubte ich, er wäre es, der im Home Office meinen Fall bearbeitete. So selbstbewusst wie er Unser Land, Unsere Stadt, Unsere Straße brüllte, war ich mir sicher, dass ich nie so britisch sein würde wie er, egal wie gut ich Englisch sprach und wie gut ich mich in die Gesellschaft integrierte. Das war der Moment, in dem ich dachte, es wäre vielleicht leichter, diese Stadt und dieses Land mit ein bisschen Abstand zu lieben, von meinem Zimmer aus. Ich zog mich zurück in mein Zimmer und in die Welt in meinem Inneren. Rückblickend wird mir klar, dass ich in dem kleinen Zimmer in Kilburn, gefangen zwischen dem Mann am Fenster und den Bahngleisen, zu dem Menschen geworden bin, der auf der Bank am Fitzroy Square Bina-Bs Taille packte: ein Geschöpf der Melancholie, ein Stier mit Flügeln und Hörnern aus Ideen. Ich erinnere mich, wie ich eines Morgens, als ich am Fenster stand und in Londons Sonnenaufgang badete, den vollen Zügen der Jubilee Line nachsah und an Bina-Balozis Körper dachte, so strahlend wie bei unserer ersten Begegnung ein paar Tage davor. Ich erinnere mich, wie ich versuchte, mein Verlangen zu unterdrücken, ich erinnere mich, wie der Versuch, meine Gedanken zu zügeln, eine andere Stimme weckte, die mich drängte, loszulassen. Mein Kopf war voller widerstreitender Stimmen. Ich erinnere mich, dass ich an Weißbrotscheiben mit Erdnussbutter, Banane und etwas Honig dachte, die Diana mir gemacht und die ich vor dem Fernseher bei *Top of the Pops* gegessen hatte. Ich erinnere mich, dass ich dachte, dass das Englisch in Songs anders war als das in Büchern. Ich erinnere mich, dass ich mir Modetipps von einem halb nackt auftretenden Sänger abschaute und in Boxershorts und einem roten Karohemd, das ich mit Diana in einem Herrengeschäft gekauft hatte, durch mein Zimmer schritt, ich erinnere mich an die Sänger mit Make-up – von Eyeliner bis hin zu aufgemalten Mustern, mit denen sie die satanischen oder engelhaften Geister in sich befreien wollten – und dass ich manche von ihnen in einem stillen Winkel in meinem Kopf auf ein Date ausführte. O BB. Ich erinnere mich, dass ich dachte, man wäre in England nirgends so frei wie auf der Bühne, und dass ich davon träumte, Sängerin zu werden. Ich erinnere mich an meinen allerersten Kaffee, und dass ich seit dem heftigen Trip danach immer Kaffee statt Tee trinken wollte, aber Diana war dagegen. Ahnte sie, dass ich zu Suchtverhalten neigte? Ich erinnere mich, dass ich viel auf Diana hörte in dieser Zeit, wie an dem Abend, als sie mir einredete, ich wäre die Zukunft dieses Landes. Ich erinnere mich, dass ich verwirrt war und nachfragte. Meinst du Eritrea? Ich meine Großbritannien, sagte sie, aber bestimmt bist du auch die Zukunft von Eritrea. Die Zukunft von Großbritannien? fragte ich noch einmal. Dem Land, das mich noch nicht anerkennt. Ja, sagte sie. Ja. Als ich an diesem Abend die Haustür hinter mir schloss und mich einem Windhauch öffnete, der eine Zukunft so üppig wie die Wiesen von Yorkshire aus Dianas Erzählungen zu mir wehte, kaufte ich ihr ihren Optimismus ab, dann hörte ich die Stimme. Ich wollte schon kehrtmachen, aber ich dachte an Dianas Worte. Akzeptieren Sie das, sagte ich zu ihm. Ich bin die Zukunft dieses Landes. Er schnaubte. Du sprichst ja nicht

mal Englisch. Doch, sagte ich, nur vielleicht nicht so wie
Sie. Außerdem braucht man gar nicht zu sprechen, um zu
lieben. Verpiss dich, stieß er aus, und warf mit Wörtern
wie mit Steinen. Scheiß. Flüchtling. Diana kam im Schlafanzug nach draußen. Die Polizei wurde gerufen. Sie versprachen, dass sie Ermittlungen aufnehmen würden.
Aber das versprachen sie Diana schon seit Jahren. Ich
sperrte mich in meinem Zimmer ein und erkundete London weiter durch mein Fenster, lauschte durch die im
Rhythmus von »Saturday Night Fever«, das im Radio lief,
vorbeiratternden Züge seiner Lebensgier. Diana ermahnte
mich, ich solle mich nicht isolieren. Das ist dein London,
sagte sie immer wieder. Du musst das irgendwann überwinden, sagte sie, als sie mich einmal morgens anflehte,
mit ihr einkaufen zu gehen. Und einmal wehte uns abends
auf der Kilburn High Road von Londons Haut ein ge-
mischter Geruch entgegen, als bildeten Menschen von
überallher die Poren der Stadt. Aber wenn man mich
fragt, wie London in diesen ersten Wochen für mich roch,
würde ich sagen, nicht nach Curry oder eritreischem
Eintopf oder Fish and Chips oder diesem oder jenem,
sondern nach Regen, wie ein Wolkenguss, der die vielen
verschiedenen Bewohner und ihren Atem in den See zwischen Annes Beinen spülte. Ihren Duft fand ich in einer
ihrer Unterhosen, in der ihre Flecken lagen wie in einer
Wiege. Anne war eine Ablenkung, und auch ich wurde zu
einer Ablenkung für sie, aber wovon? Ich würde es nie
erfahren, sosehr ich es auch herauszufinden versuchte.
O. BB, Neugier befeuert meine Lust, sagte ich, als ich
seine Pobacken auseinanderschob. O.B.B. In meinen
Träumen sah ich Anne öfter als im echten Leben, und
mein Bild von ihr verschwamm so sehr, dass ich nicht

wusste, was mich mehr anzog – die echte Anne oder die Version in meiner Vorstellung. In der Zeit, die ich eingesperrt in Dianas Haus verbrachte, zogen sich meine Gedanken so sehr aus der Realität zurück, dass ich glaubte, in einer abstrakten Welt zu leben. Ich sah vor mir, wonach ich mich sehnte, konnte es aber nicht berühren, wie der Frieden, für den ich mein Land verlassen und von dem ich geglaubt hatte, dass er mir bei der Ankunft an meinem Ziel sicher wäre. In meinem Zimmer in Kilburn hörte ich nachts keine Bomben fallen, aber ich lebte mit dem ohrenbetäubenden Lärm der Stimmen in meinem Kopf. Eines Morgens saß Diana in der Küche und hielt eine Tasche in der Hand, die Anne, wie sie mir erzählte, in der Nacht mit einem Zettel daran an ihre Tür gehängt hatte: *Für dich, für dein nächstes Date. Hab dich lieb.* Sie steuerte auch noch andere Dinge zu Dianas Haushalt bei, zum Beispiel einen neuen Kühlschrank. Aber ich dachte nicht weiter darüber nach, was Anne tat. Ihre Zärtlichkeit war nebensächlich. In dieser Phase meines Lebens brauchte ich das Mitgefühl ihrer dunklen Seite. Ich wollte der Wald für den schwarzen Panther in ihr sein. Ich wartete auf sie – irgendwann musste sie ja Hunger bekommen. Abgesehen davon war in dieser Zeit noch wichtig, dass Diana jedes Mal, wenn ich mitten in der Nacht in die Küche huschte, mit ihrer Flasche Wein und von Rauch umhüllt am Tisch saß. Sie rauchte nur nachts, als suche sie die Unsichtbarkeit, die Dunkelheit mit sich brachte. In einer Nacht ging ich nach unten, nachdem ich ein paar Seiten im Tagebuch meiner Mutter gelesen hatte. Ich kann nicht sagen, ob ihr Tagebuch und die Offenheit, mit der sie ihr Sexleben mitten in einem Kriegsgebiet beschrieb, meine sexuellen Neigungen beeinflusst und mich zu der Bank am Fitzroy Square geführt haben, wo ich schmachtend in den feuchten Spalt zwischen Bina-Bs Backen blickte. Welchen Einfluss hat das, was wir lesen, auf uns, besonders wenn ein geliebter Mensch nur noch in seinen Worten bei uns ist? *Montag. 3:30 Uhr nachts: Es ist jetzt ein paar Tage her, dass Xehay mir gesagt hat, dass er keinen Sex haben kann. Seitdem denke ich ununterbrochen darüber nach. Ich kann mir kein Leben ohne Sex vorstellen. Aber auch kein Leben ohne ihn. Andererseits glaube ich, dass wir uns ohne Sex einfach weiter ins Extreme vorwagen müssen, um den gleichen Kitzel zu erleben wie andere Paare durch Penetration. Ich werde uns dorthin führen, wobei Xehay für jemanden, der nicht lesen kann, die Zeichen seines Begehrens sehr genau zu deuten versteht. Er weiß, was er will. Letzte Nacht hat er, während ich las, stundenlang meinen Fuß gehalten und angestarrt. Er hat mich nur unterbrochen, als er das Weihrauchgummi aus meinem Mund haben wollte. Nachdem er eine Weile darauf herumgekaut hatte, sagte er, er hätte jetzt alle Säfte meines Mundes herausgesogen. Ich goss ihm noch mehr von meinem Speichel in den Mund. Ich muss immer noch staunen, wenn das Universum mir etwas, das ich für reine Fantasien gehalten habe, in den Schoß fallen lässt. Ich konnte es kaum glauben. Ich musste ihn kneifen, ihn schlagen und ihn schreien hören, um zu wissen, dass er echt war.* Diana saß in der Küche, umringt von ihren Gedanken, die genauso dicht waren wie die Rauchwolken. Ich glitt an ihr vorbei und starrte auf ihre Umrisse, die sich so reglos wie ein Porträt an der Wand hinter ihr abzeichneten. Wolken quollen aus ihrer Brust und folgten mir durch den Raum. Ich saß an meinem Fenster, meine Gedanken kreisten zwischen dem Mann auf der anderen

Straßenseite, dem Home Office in Surrey, meiner Vergangenheit und meiner Familie in Eritrea, Anne, BB, Diana. Unterschiedliche Gedanken, widersprüchliche Gefühle und viele gewichtige Gegensätze zerrten mich hierhin und dorthin, so sehr, dass ich irgendwann ausrastete. Mitten in der Nacht rannte ich barfuß und im Schlafanzug aus dem Haus und die Straße hoch und runter. Und in einer anderen Nacht, am Ende einer ganzen Reihe schlafloser Nächte, in der der Regen klang wie der Kugelhagel, mit dem ich aufgewachsen war, und die Wolken sich über London auftürmten wie der Staub nach einem Bombardement in meiner Heimatstadt, öffnete ich das Fenster und setzte mich auf die Kante. *Alles vergeht, die Liebe bleibt –* ኩሉ ይሓልፍ ፍቅሪ ትቅጽል *– kullu yihalif, fiqri yiterif.* In der Ferne war eine Explosion zu hören. Feuerwerk verteilte sich über den Londoner Himmel, malte spektakuläre Farben und Formen in die Nacht, die mich zum Lächeln brachten. Ich ging zurück ins Bett und schlüpfte unter meine Decke. Ich erinnere mich, dass ich am nächsten Morgen ohne Gedanken im Kopf aufwachte. Ich erinnere mich, dass ich beschloss, den ganzen Tag fernzusehen. Ich erinnere mich, dass ich mich beim Frühstücksprogramm fragte, ob dieses Land wirklich das richtige für mich war, dann aber meine Meinung änderte, als der Moderator lachte und auch ich kichern musste. Ich erinnere mich an den Sendungsgast, der davon redete, dass er England wieder fit machen wollte. Ich erinnere mich, dass ich aufstand, um mich zu strecken, und zu der Musik im Hintergrund zu bewegen. Ich erinnere mich an den Wettermann, der ein Gesicht machte wie bei einer Beerdigung, als er die Vorhersage für den nächsten Tag verlas, und ich erinnere mich, dass ich Diana darauf ansprach und sie mir erzählte, dass ein paar Jahre davor ein anderer Wettermann einen aufziehenden Orkan geleugnet hatte und sie seitdem alle Stürme mit düsterer Miene ankündigten. Ich erinnere mich, dass sie lachte und sagte, ok, vielleicht übertreibe ich ein bisschen. Ich erinnere mich, dass ich sie wegen der Falschinformation neckte und mich wieder vor den Fernseher setzte. Ich erinnere mich an eine lange Nachmittagssendung, in der alte Frauen im Kreis saßen und redeten. Sie hatten alle geschwollene Füße und Fußgelenke, und ich fragte Diana danach und erinnere mich, dass sie sagte, sie glaubte das nenne man Ödem. Ich erinnere mich, dass ich das im Wörterbuch nachschlug, aus dem ich einige Wörter und seltsame englische Redewendungen trank, wie *all mouth and no trousers* oder *donkey's years*. Ich erinnere mich, dass ich bei einer Sendung über Standardtänze vor dem Fernseher mittanzte. Ich erinnere mich, wie ich lachte, als Diana auf Toilette musste und sagte, *It's a number two.* Ich erinnere mich, dass Diana mich einmal ins Esszimmer rief, um mir zu erzählen, dass Anne angerufen und gesagt hatte, sie würde uns einen neuen Herd kaufen, ich erinnere mich, dass sie immer, wenn ich fragte, wo Anne war, antwortete, Ich weiß es nicht, oder Kann ich dir nicht sagen. Aber über Bina-Balozi sprach sie gern. Ich erinnere mich, dass sie mir eines späten Nachmittags von ihm erzählte, während sie Nudeln mit Tomatensoße kochte und ich bügelte. An dem verregneten Abend am Fitzroy Square strömte Dampf aus Bina-Bs Mund. Er war so heiß wie ein altes, mit glimmenden Kohlen gefülltes Bügeleisen. Ich wollte ihn an mich drücken, um die Kälte in meiner Brust zum Tauen zu bringen, aber Bina-B schob die Füße weg und rutschte zurück in Richtung der

Blumen, die hinter dem Zaun des Fitzroy Square Garden vom Gewicht der Regentropfen die Blüten hängen ließen. O Bina-B. O. B.B. In meinem Zimmer in Kilburn schmiegte sich meine Vorstellung von Bina-Balozi wie ein Schönheitsfleck zwischen meine Brüste. Der letzte Zug des Tages hinterließ Kühle in der Luft, und Stille sickerte durch mein Fenster herein. Ich schlug das Tagebuch meiner Mutter auf und starrte es an, ohne zu lesen. Ich legte es beiseite und ging in die Küche. Aber statt mir ein Glas Wasser zu holen, zog ich dieses Mal einen Stuhl zurück und setzte mich Diana gegenüber. Sie fächelte den Rauch weg, aber es dauerte eine Weile, bis ihr Gesicht aus den Wolken auftauchte. Der Schleier, hinter dem man sich am besten verbergen kann, kommt von innen, dachte ich. Und als ich am Fitzroy Square in BBs Augen sah, dachte ich an Diana: Nicht jeder ist auf der Suche nach seinem wahren Selbst, manche von uns wollen lieber geheimnisvoll bleiben. Schatten und Fragmente gingen mir durch den Kopf, bis mir die aufgeräumte Version von Diana wieder einfiel, die morgens ihren Papierkram erledigte und sich um uns kümmerte. Sich selbst zu suchen heißt, irgendwo gespiegelt sehen wollen, was man in einem bestimmten Moment gern wäre. Das wusste ich, weil mein Suchen genauso vielfältig war wie mein Begehren, das sich je nach meiner Stimmung veränderte und von gegensätzlichen Gefühlen geweckt wurde. Ich dachte, dass Diana eine Maske aufsetzte, damit wir uns in ihrem Haus willkommen fühlten, schließlich hatte sie auch eine Vereinbarung mit der Flüchtlingsorganisation. Aber als ich sie an diesem Abend in der Küche traf, wollte ich ihr sagen, dass sie immer sie selbst sein sollte, und ich spürte den Drang, ihr in mir genauso ein Zuhause zu geben, wie sie mich mit meiner Vergangenheit, mit all meinen Ängsten und Träumen bei sich aufgenommen hatte. Über diese Art von Exil, bei der Menschen sich mit ihren Gefühlen zu ihren Liebsten flüchteten, hatte ich noch gar nicht nachgedacht. Diana legte ihre Hand auf meine und fragte, ob alles ok sei. Ja, sagte ich. Ich wollte mich nur zu dir setzen und mit dir schweigen. Na klar, Schätzchen, sagte sie, nippte an ihrem Wein und überflog die vor ihr aufgeschlagene Zeitschrift. Dass sie in dem schwachen Licht sehen konnte, erinnerte mich an meine blinde Verwandte, die uns erzählt hatte, sie könne in unserem Inneren lesen. Auch Wörter trugen ganze Galaxien unter der Haut. Diana trank ihr Glas halb aus. Noch einmal fiel mir auf, wie ähnlich wir uns sahen. Wir waren von Meeren, Sprachen, Religionen und Nationalitäten getrennte Zwillinge. Diana knipste die Tischlampe in der Ecke des Raumes an. Ich betrachtete ihren Schatten an der Wand und nahm ein paar Fragmente von ihr mit zurück in mein Zimmer. Ich setzte mich aufs Bett und schlug das Tagebuch meiner Mutter auf. *Freitag. 3:30 Uhr nachts: Heute war ich wütend. Meine Freunde glauben, ich wäre unglücklich. Aber vielleicht habe ich einfach eine andere Vorstellung von Glück. Als ich ihnen von Xehay erzählt habe, gab es wieder Streit. In ihren Augen ist er ein jämmerlicher Feigling. Sie drängen mich, mir einen stärkeren Mann zu suchen. Ich weiß, warum sie es für schwach halten, dass Xehay sich mir hingibt, sie unterwerfen sich schließlich ihren Männern. Als ich sie daran erinnert habe, meinten sie, ich würde mich aufführen wie die Italiener. Da bin ich wütend geworden und habe ihnen von den matriarchalen afrikanischen Gemeinschaften erzählt, die fremde Eroberer zerstört haben. Ich muss oft Geschichten von früher erzählen, um zu rechtfertigen, wie ich heute leben will. Jedenfalls ist Xehay der mutigste Mann, den ich kenne, weil er dafür kämpft, wie er lieben will, was ihm Lust bereitet. Und ich werde ihn beschützen. Oh, ich erinnere mich noch an die ersten Tage mit Xehay. Damals habe ich verstanden, dass ich ihn durch seine unverbrauchte Lust an meine Welt binden kann. Ich habe mir seinen Körper erschlossen und ihm gezeigt, dass seine Haut voller Schätze ist, die ich mit meinen Nägeln, meinen Zähnen und meinem Jähzorn freilegen würde. Gestern habe ich ihn an mein Bett gefesselt und seine Haut über und über mit Blumen bemalt. Er war ein Garten voller welkender Gänseblümchen. Ich stand über ihm und begoss ihn mit dem Regen aus meinem Schoß.* Ein weiterer Tag verging, und die Beziehung meiner Eltern ging mir noch eine ganze Weile durch den Kopf. Aber ich konnte mich nicht von dem Tagebuch trennen. Es war meine Geschichte. Kann man sich seine Geschichte aussuchen? Können wir einen weniger verstörenden Teil daraus lösen und den Rest wegwerfen? Mein Kopf war voller Fragen, als ich mich in einer anderen Nacht wieder zu Diana an den Esstisch setzte. Sie saß neben einem Stapel Briefe und aufgerissenen Umschlägen. Es lief beschwingter Jazz. Sie ließ ihr Haar zur Seite fallen und blätterte eine Seite ihrer Zeitschrift um. Später wurde unser Schweigen für einen lustigen Moment unterbrochen, als Diana einen Brief aus der Kummerkastenkolumne vorlas, in dem die Schreibende Rat zu ihrem Mann suchte, der nach zehn Jahren Ehe keinen Sex mehr mit ihr haben wollte, zu dem sie sich aber noch hingezogen fühlte. In ihrer Antwort schlug die Kummerkastentante eine Therapie vor, aber ich brachte Diana zum Lachen, indem ich sagte: Wieso fickt sie nicht einfach ihn? Ich nahm die Frage mit ins Bett und in meine Träume. Eines Morgens wachte ich auf und fühlte mich achtzehn. Ich war mir sicher, dass ich schon vor einer Weile achtzehn geworden war, wollte aber nicht wahrhaben, dass ich trotzdem noch in meinem Zimmer saß, immer noch staatenlos und ohne Ausbildung. Diana telefonierte im Wohnzimmer mit ihrer Tante, die in einem Seniorenheim lebte. Ich setzte mich mit einem Buch über afroamerikanische Geschichte aus Dianas Regal aufs Sofa. Sie wollte gerade auflegen, als ihre einundachtzigjährige Tante fragte, ob sie mit mir sprechen könne. Nach einem kurzen Zögern nahm ich den Hörer, Diana streichelte mir über den Rücken und flüsterte mir zu, dass ihre Tante sehr nett wäre. Dass sie auch lustig war, hat sie mir nicht verraten. Die Tante erzählte mir etwas über Diana, über das ich noch lange nachdachte: Diana war mit sechzehn aus ihrem Elternhaus in Yorkshire ausgezogen, um ihren Träumen nachzugehen. Den Rest erzählt sie dir selbst, sagte die Tante, und ich musste ihr versprechen, dass ich sie mit Diana in York besuchen kommen würde, aber dann fügte sie noch hinzu: Hoffentlich bin ich dann noch da. Als ich ihr ein langes Leben wünschte, korrigierte sie mich: Oh, ich hab nicht vor, bald zu sterben, Liebes, sagte sie. Sie hatte sich im Pflegeheim in einen Mann verliebt, der bald nach Devon ziehen würde: Und ich überlege, mit ihm zu gehen, sagte sie. Aber verrate Diana noch nichts davon. Ich versprach es, und bevor ich auflegte, sagte sie, Willkommen zu Hause. Großbritannien ist jetzt deine Heimat. Sie meinte, ich bräuchte nicht zu warten, bis das Home Office meinen Antrag annahm. Großbritannien ist mein Zuhause, sagte ich mir in den Tagen darauf immer, wenn morgens der Briefkasten klapperte und ich die Treppe runterflitzte. Die meisten Briefe waren an Diana adressiert, ein paar an Anne. Auf manchen der Briefe für Diana stand DRINGEND in roten Großbuchstaben oben auf dem Umschlag. Während ich dann zurück in mein Zimmer ging, um auf die nächste Auslieferung zu warten, fragte ich mich, was so dringend sein konnte in ihrem Leben. In meinem Bett dachte ich an Bina-Balozi und an Anne. Ich erinnere mich an einen Abend, an dem es dunkel in mir war, an dem wieder ein Tag ohne eine Entscheidung über meinen Fall zu Ende ging, an dem ich meine Traurigkeit mit nach unten nahm, wo Diana saß und ihren Rauch inhalierte. Aus der Stereoanlage sang die Stimme eines Jazzsängers vom Frühling, ich aber zitterte von der winterlichen Kälte im Raum. Diana sank in sich zusammen, bis ihre Brüste ihren Bauch berührten und ihr Rücken sich nicht weiter biegen konnte. Mir fiel wieder ein, was ihre Tante mir am Telefon über Diana erzählt hatte: Ach weißt du, es hat etwas Sentimentales, wenn man so jung einem Traum nachjagt. Mir fiel auch wieder ein, dass Diana erwähnt hatte, dass sie die Ausbildung zur Sozialarbeiterin mit Anfang vierzig gemacht hatte. Da fragte ich sie: Was hast du eigentlich studiert, Diana? Sie schnaubte und verstummte dann. Ich wartete, dass sie weitersprach. Nichts. Tut mir leid, dass ich gefragt hab, sagte ich nach einer Weile. Nein, nein, Hannah. Das ist es nicht. Du hast mich an etwas erinnert… Hm, lass mich nachdenken… Sie hielt inne. Wieder wartete ich darauf, dass sie ihren Satz vollendete, aber sie verfiel in ein langes Schweigen. Sie blinzelte und schloss dann die Augen. Es war, als bewahrte sie ihre Erinnerungen nicht in ihrem Inneren auf, sondern in einer Blechbüchse, die sie an einem unerreichbaren Ort einen Hang hinuntergeworfen hatte. Ich musste daran denken, wie mein Vater gelitten hatte, wenn er in Erinnerungen an die Zeit mit meiner Mutter versunken war, und da schien mir, dass Diana und er einiges gemeinsam hatten. Jetzt frage ich mich, ob manche aus masochistischen Gründen in ihren Erinnerungen leben. *Alles vergeht, die Liebe bleibt – kullu yihalif, fiqri yiterif –* ኩሉ ይሐልፍ ፍቅሪ ትቐጽል. Als ich in die Küche ging, um mir auf dem neuen Herd, den Anne für Diana gekauft hatte, Tee mit Kardamom und Nelke zu kochen, ging mir ein Eintrag aus dem Tagebuch meiner Mutter durch den Kopf, den ich davor gelesen hatte. *Samstag. 2 Uhr nachts: Mein Vater spricht Englisch mit mir, meine Mutter Italienisch, unser Hausmädchen Tigrinya und meine Lehrer Amharisch. Aber Xehay und ich sprechen eine Sprache, die nirgends geschrieben steht und die man nicht lesen kann, eine Sprache so reich und tief wie unsere Liebe. Wir lieben uns also ständig. Gestern Morgen habe ich ihn, bevor ich in die Uni musste, noch schnell in mein Zimmer gebeten. Wir kicherten, als ich ihm meine Orgasmen in den Nacken schmierte, dann ging ich.* Ich setzte mich wieder auf den Stuhl Diana gegenüber. Mmh, riecht gut, sagte sie. Ich weiß nicht mehr, ob das dieselbe Nacht war oder eine andere, aber ich fragte weiter nach: Diana, bist du glücklich mit dem, was du studiert hast? Sie lächelte traurig: Wie ich schmerzlich feststellen musste, ist das eine falsche Hoffnung, glücklich zu sein mit seinem Studium. Ich war eine gute Studentin, hatte richtig gute Noten, aber das war alles nichts wert in einer Gesellschaft, die… Sie hielt inne und wäre fast wieder in Schweigen versunken. Doch dieses Mal versuchte ich, das Gespräch am Laufen zu halten. Was wolltest du über die Gesellschaft sagen,

Diana? Ach nichts, Schätzchen. Irgendwas muss ja sein, sagte ich. Sonst hättest du es doch gesagt. Hör zu, Schätzchen, sagte sie. Ich habe einen Bachelor in Kunst und Schauspiel, aber ich habe meinen Traum bald wieder aufgegeben und die Ausbildung zur Sozialarbeiterin gemacht. Oder na ja, nicht bald, ich war erst jahrelang arbeitslos, hab ein paar Sachen ausprobiert, bin aber mit meinem Abschluss einfach nicht weitergekommen. Es heißt, Kunst ist ein Luxus, und das stimmt, für Menschen wie uns vielleicht umso mehr. Jedenfalls bin ich froh, dass ich jetzt was Sinnvolles mache. Sie schwieg. Ich griff nach ihrem Glas und trank einen Schluck. Lass uns spazieren gehen, Diana. Es ist schon spät, Schätzchen, sagte sie. Ich stand auf. Komm schon, D. Das wird uns garantiert guttun. Diana lachte. Du lernst schnell von Anne, sagte sie. Ich wünschte, ich könnte sie öfter sehen, sagte ich. Sie kommt wieder, sagte Diana. Ich war früher auch so. Manchmal müssen wir eine Weile verschwinden und uns austoben. Sie schlüpfte in ihre Jacke. Ich befreite ihre Haare aus ihrem Schal und richtete sie auf dem dunkelblauen Wildlederkragen. Sie knöpfte die Jacke zu und machte eine Armbewegung, die bedeutete, Gehen wir, Baby, bevor sie sagte, sie müsse noch mal auf die Toilette. Ich warte draußen, sagte ich. Ein Luftzug strich durch meine Locken. Ich überkreuzte die Arme vor der Brust und lehnte mich in den Wind, als sehnte ich mich nach Berührung, als wäre die Natur eine Reinkarnation meines Vaters. Mein Gesicht schimmerte im Licht meiner Gedanken, die wie Laternen um meinen Kopf verteilt waren. Ich wollte die Umarmung fester um mich spüren, in diesem Moment verweilen, doch die Stimme des Mannes dröhnte durch die leere Straße und durch meine

Knochen. Hey, du. Ich sah nicht auf. Ich traute mir selbst nicht mehr, vielleicht stand ich seit Tagen, seit er mich so obszön beschimpft hatte, seit dem Morgen meiner Ankunft bei Diana auf diesem Fleck. So viel Macht hatte er über mich. Er hielt mich in einem einzigen Moment gefangen, fesselte mich an einen Ort. Diana kam heraus und zog mich weg. Ignorier das Arschloch, sagte sie. Dann geh halt, rief er Diana zu und lehnte den Kopf noch weiter aus dem Fenster. Aber denk dran, du bist schuld, wenn sie uns die Pest bringen. Diana stürmte über die Straße: Wen zur Hölle nennst du hier Ratten? Er knallte sein Fenster zu und schaltete das Licht aus. Diana hämmerte mit der Faust an seine Tür und bohrte den Finger auf den Klingelknopf. Komm raus, du Feigling. Ich stellte mir vor, wie er in seinem Zimmer die Füße hochlegte und der wütenden Frau vor seinem Haus lauschte. Tut mir leid, Diana. Lass uns einfach gehen, bitte. Aber Diana trat gegen seine Tür. Ich schlang die Arme um sie. Sie war sehr warm, als heizten Rassismus, Enttäuschung und Glücklosigkeit ihre Brust auf wie einen Ofen. Bitte, Diana, lass uns nach Hause gehen. Nein, Hannah, wenn ich jedes Mal, wenn jemand etwas zu mir sagt, nach Hause gehen würde, wäre ich für immer eingesperrt. Wir gehen jetzt spazieren, sagte sie. *Alles vergeht, die Liebe bleibt – kullu yihalif, fiqri yiterif –* ኩሉ ይሐልፍ ፍቅሪ ተቐጸል. Fest einander untergehakt liefen Diana und ich zur Kilburn High Road. Ihre Absätze klackerten über das Pflaster. Ich dachte über uns nach, über die kulturellen Unterschiede, von denen sie im Fernsehen sprachen, und was sie genau bedeuteten. Wir waren auf verschiedenen Kontinenten geboren, sahen aber gleich aus. Wir hatten sogar eine ähnliche Sicht auf viele Dinge – unsere Kultur stammte zum Großteil aus den Büchern, die wir lasen, und von Autoren, die wir liebten. Wir ließen uns gegenseitig in Frieden und sprachen oft darüber, dass Freiheit in ihrem Haus genauso wichtig war wie draußen. Ich dachte oft darüber nach, wie meine Mutter in einem kolonisierten Land um ihre individuelle Freiheit gekämpft hatte, und wie sehr ich ihr in London nacheiferte – so frei sein wie Diana, eine Engländerin, obwohl ich erst noch als Flüchtling anerkannt werden und die Erlaubnis bekommen musste, hier zu leben. Grenzen, Nationalitäten schienen noch absurder, als wir in die High Road abbogen, Diana mir die Hand streichelte und ich den Herzschlag in ihrer Brust spüren konnte. Ich brauchte nicht die Erlaubnis des Home Office, um anerkannt zu werden, um Diana über das, was uns trennte, hinweg zu sehen und zu spüren. Aus einem Geschäft, an dem wir vorbeispazierten, trat ein Mann mit Turban mit einem Kind, das nach Süßigkeiten bettelte, und der Mann sagte, Du brauchst keinen Süßkram, du brauchst süße Träume. Ich lachte, so laut, dass ich Diana aus ihrem Schlummer riss. Ihre Augen ergaben sich der Stille in der schwach beleuchteten Gasse, in der ein Mann mit einem Schlafsack über der Schulter eine Katze streichelte, die auf der Motorhaube eines Autos lag. Alles in Ordnung, Diana? Ihre Augen waren voller Gedanken, die ich nicht entschlüsseln konnte. Ich wollte gerade wegsehen, als sie sagte, Das wird schon wieder. Im Vergleich dazu, was du durchgemacht hast, ist das nichts. Ich ließ ihre Hand los und drehte mich um. Seltsam, für mich war ihre Traurigkeit etwas Eigenes, nichts, das man auf eine Waage legen und mit meinem Schmerz aufwiegen konnte. Hannah, was ist los, Schätzchen? *Alles vergeht, die Liebe bleibt – Kullu yihalif – ኩሉ ይሓልፍ.* Wir liefen weiter, und

94

mit jedem Schritt dachte ich daran, wie ich in diesem Land in eine Sackgasse geraten war, dass meine Liebe zu dieser Stadt auf einer Vorstellung von der Zukunft beruhte, die ich nur in meinem Zimmer aufbauen konnte, und in meinem Kopf. Da begriff ich, dass ich meine Fantasien brauchte. Was mich am Leben hielt, war mein Begehren und meine Lust, die so schlammig und unberechenbar wie die Themse, die ich bisher nur im Fernsehen gesehen hatte, durch mich hindurchglitten. Als ein Fahrradfahrer auf dem Hinterreifen an uns vorbeiradelte, musste ich lächeln, und als eine Frau mit weißem Haar durch das Fenster einer Limousine Fußgängern zuwinkte und uns den Stinkefinger zeigte, lachte ich laut los. Mein Vater hatte lange Haare, erzählte ich Diana, als wir in einer Jazzbar unsere Drinks bestellten. Es war wie eine Decke für meine Träume. In ihrem Tagebuch schreibt meine Mutter, sie hätte ihm gesagt, dass er es wachsen lassen soll. Diana bezahlte ihren Wein und mein Ginger Beer. Schreibt sie auch warum? fragte sie mich, während sie ihr Wechselgeld einsteckte. Nein, antwortete ich, hätte aber sagen können, was ich mir vorgestellt hatte: dass sie gern mit den Fingern so leicht durch sein Haar strich, wie sie durchs Leben schwebte. Und dass ich das von ihr erben wollte, die Leichtigkeit, mit der sie durchs Leben ging, das Verlangen, zwischen Bina-Bs Beinen zum Quell des Friedens in ihm zu gleiten. O. B. B. Es liegt etwas Schönes in flüchtigen Momenten, im Lauf der Zeit, darin, durchs Leben zu gehen, ohne Spuren zu hinterlassen, außer auf der Haut von Geliebten – und BB verstand das. Ein Saxofon schmetterte durch die Bar in Kilburn. Ich bemerkte einen Mann in einer engen Jeans neben einer der im Raum verteilten Leuchtflaschen. Was grinst du so,

Hannah? fragte Diana. Ich hatte einen Traum, sagte ich. Oh, Hannah, Barträume mag ich am liebsten, sagte sie. Manchmal geh ich in eine Bar oder einen Club und nehme ein Buch mit. Mit einem Buch lassen dich alle in Ruhe, weil keiner denkt, du wärst allein. Diana legte das Kinn auf die Schulter und sah auf den Boden. Sie war in ihren Fünfzigern, und ich fragte mich, wer ihre Freunde waren. Das tat ich oft, aber als sie erwähnte, dass sie oft allein mit einem Buch in Bars oder Clubs ging, bekam ich Zweifel. Ein Mann in einem weißen Anzug trat auf die leere Tanzfläche und mimte einen Saxofonspieler. Er drehte und wand sich, warf den Kopf zurück und starrte an die Decke. Diana keuchte. Alles in Ordnung, Diana? Ja, sagte sie. Geht gleich wieder, kein Grund zur Sorge. Aber ich wünschte, sie würde darüber sprechen, was sie bedrückte. Ich fragte: Diana, willst du es mir nicht sagen, weil du denkst, ich wäre zu jung? Natürlich nicht, Schätzchen, sagte sie. Aber plötzlich wurde mir klar: In der Akte, die sie von der Hilfsorganisation bekommen hatte, stand meine Geschichte. Sie wusste viel über mich, ich war kein Rätsel für sie, sondern ein Ventil für ihr Mitgefühl. Meine Geschichte, die sie so traurig fand, verhinderte, dass ich sie so kennenlernte, wie sie mich kannte. Sie benutzte sie als Vorwand, um mich vor ihrer Vergangenheit zu schützen, was das Gewicht dessen, was ich erlebt hatte, noch unterstrich. Ein neuer Song begann und verdrängte meine Gedanken. Diana, wie tanzt man zu Jazz? Gar nicht, sagte sie. Man sitzt da und lässt seine Seele tanzen. Also saßen wir an einem Tisch ganz hinten in der Bar und verstummten wieder. Es war, als hätte die Musik Dianas Augen in eine Tanzfläche für ihre Erinnerungen verwandelt. Ich blickte tiefer hinein, und während ihre Seele zu den Klängen des Saxofons tanzte, schloss ich die Augen. In meinem Kopf lag ich eingezwängt zwischen Bina-Balozi und Anne. Der Tagtraum erregte mich und ich lachte leise vor mich hin. Ich wollte mich gerade bei Diana bedanken, dass sie mir gezeigt hatte, wie man zu Jazz tanzt, als sie anfing, sich selbst für ihren Zustand zu tadeln. Es tut mir leid, Hannah. Muss es nicht, sagte ich und dachte daran, wie die Musik auch mich berührt hatte. Sie griff nach meinen Handgelenken und atmete einmal tief durch. Es geht schon wieder, sagte sie. Ich bin mir sicher, dass sie noch ein Danke murmelte, während sie auf die Tanzfläche sprang. Dabei hatte ich nichts gesagt, um sie zu trösten. Anscheinend hatte allein meine Gegenwart sie beruhigt. Ich erschrak über die Macht, andere allein dadurch zu heilen, dass ich das schwerere Trauma mit mir herumschleppte. Ich stürmte nach draußen. Diana folgte mir. Hannah, stopp, Was ist passiert? Wir standen mitten auf dem Gehweg. Wir wurden angerempelt, Leute schimpften über uns oder pfiffen uns nach, während sie sich an uns vorbei- oder zwischen uns hindurchdrängelten. Doch der Weg zwischen Diana und mir war endlich freier. Das Leben hatte es nicht gut mit ihr gemeint, aber ich war nicht in dieses Land gekommen, um zur Parabel, zu einem Beispiel oder einem Vergleichsgegenstand zu werden. Ich war nicht so weit gereist, um in ein Museum gestellt zu werden und Briten daran zu erinnern, dass das Leben noch härter sein konnte. Dafür bin ich nicht in dieses Land gekommen, sagte ich. Wovon redest du, Hannah? Ich starrte auf den Doppeldecker-Nachtbus, der vor uns hielt. Ich ging einen Schritt darauf zu, aber Diana hielt mich zurück. Hannah? Mein Misstrauen gegenüber dem Home Office, diesem Land und Diana wuchs. Hannah, bitte rede mit mir. Ich öffnete die Augen und sah Dianas prüfenden Blick. Und in diesem Moment schoss mir etwas durch den Kopf: Ich war in ihrem Haus gefangen, mein Leben stand still, während ich auf die Entscheidung des Home Office wartete, aber trotzdem hatte ich eine Funktion. Sie brauchte mich genauso, wie ich sie brauchte. Meine Wut schmolz, als hätte die Erkenntnis, dass ich einen Zweck erfüllte, und sei er noch so mangelhaft, klein, vorläufig, absurd oder auf ganz falsche Annahmen gegründet, meine Beziehung zu meinem neuen Leben gestärkt. O. BB. Ich bin mir nicht sicher, aber vielleicht musste ich sogar schmunzeln, als ich erkannte, welchen Wert ich für sie hatte. Hab ich was Falsches gesagt? fragte Diana mich. Nein, sagte ich. Ich will jetzt nach Hause. Zu Hause schrumpfte der Abstand zwischen uns, während wir die Nacht über in der Küche saßen und tranken. Sie Wein, ich englischen Tee. Wir lachten, redeten, erzählten uns Erinnerungen. Sie erzählte mir von ihren Reisen nach Jamaika und Ghana. Ich brachte ihr Wörter auf Tigrinya bei und kicherte, als sie mir nachsprach, *kemey, haftay, mar'ay*. Einmal, an einem Samstag, der sich anfühlte wie jeder andere Tag, saßen Diana und ich uns nachts, wie gewohnt, gegenüber. Und wie gewohnt kräuselte Rauch durch die Luft. Ich griff nach ihrem Glas und trank einen Schluck. Ich würgte den bitteren Geschmack herunter, und nach ein paar Schlucken glitt mir ein kühles Gefühl die Kehle entlang. Ich weiß zwar nicht mehr, in welcher Jahreszeit das war, aber mein Outfit sollte Sommerstimmung versprühen. Ich ahmte den Sänger nach, der bei jedem seiner Fernsehauftritte anders aussah, sodass ich mich fragte, ob auch die verschiedenen Farben seiner Augen Teil des Versuchs waren, sich der

Welt jeden Tag neu zu zeigen. In dieser Nacht trug ich ein Hemd mit nur einem Ärmel. Den Ärmel, den ich mit einer Schere abgetrennt hatte, benutzte ich als Halstuch. Dazu trug ich Boxershorts und zwei verschiedene Socken. Die grünen High Heels gehörten Diana. Sie hatte kleinere Füße als ich, aber es machte mir nichts aus, dass meine Zehen eingequetscht wurden, wie ich in meiner Vorstellung eingezwängt zwischen Anne und Bina-Balozi im Bett lag. O Bina-B, gib mir dein *O*. Der Gedanke daran, wie sein Hintern sich vor mir aufspreizte, hatte meinen Strap-On gestreift, der Lust direkt aus dem Quell meines Begehrens schöpfte. O. BB. Es war, als sänke ich in der klatschnassen Bank am Fitzroy Square ein. Ich konnte Bina-B nicht mehr sehen. Aber er zeigte mir, dass er noch da war, als er näher kam und fragte, ob alles in Ordnung sei. Du bist so still geworden, sagte er. Ich sagte, dass alles in Ordnung war, ja, ich jetzt aber Ruhe brauchte und dass er gehen konnte, wenn er damit nicht klarkäme. Verstehe, sagte er. Dann warte ich. Nimm dir die Zeit, die du brauchst, Hannah. O. B. B. Du bist die Ruhe, die ich brauche, dein *O* ist das Loch, durch das ich schlüpfen will, um in dem Frieden zu schwimmen, der in deinem Brustkorb schwappt. Ich weiß nicht, ob ich das nur dachte oder laut aussprach, jedenfalls drehte Diana sich in ihrer Küche in Kilburn um, stellte die Stereoanlage leiser, die neben einem Stapel Rechnungen, Zigarettenschachteln und einem Kamm hinter ihr auf einem Tischchen stand. Ich sprang rüber zu ihr und kämmte ihr mit dem groben Kamm die Haare. Sie atmete tief aus. Als ich ihr langes Haar zur Seite zog, war es, als neigte sich die Welt mit ihrem Kopf mit, und ich stellte mir vor, dass wir irgendwann in einem Universum leben würden, das seine Form unseren fehlplatzierten Seelen anpasste. Ich schlang die Arme um sie. Als gäbe es in meinem Exilkörper eine Oase – und in meinem Zimmer wurde mir das Exil so vertraut wie London einem Londoner –, drückte ich sie an meine Brust. So blieben wir für einen Moment. Dann sagten wir uns gute Nacht. Ein bisschen beschwipst stieg ich die Treppe hoch. Vor Annes Tür blieb ich stehen. Der schwarze Panther richtete seine Augen auf mich, und wieder war ich versucht, mit der Bestie zu ringen. Ich klopfte an die Tür und hoffte, dass Anne herauspreschen würde. Keine Reaktion. Ich wagte mich näher an den Panther heran, als wollte ich mein Fleisch an seinen Kiefer schmiegen. Ich rief Annes Namen, und mein Verlangen hallte durch den Flur. Hungrig ging ich zurück in mein Zimmer, stand nackt am Fenster und sah zu, wie die Gleise flüsterten, als surrte das Singen der Züge noch auf den Schienen, lange nachdem der letzte durchgefahren war. Die Pflanzen entlang der Gleise streckten sich dem Mond entgegen, der näher heranschwebte, als trügen die Londoner Wolken ihn huckepack. Ich kletterte durch das Fenster und setzte mich auf die Kante. Ich erinnerte mich, wie der Schatten meines Vaters über unsere Blumen glitt, wenn er nachts mit dem Foto meiner Mutter durch den Garten tanzte. Mit jeder meiner Erinnerungen, die wie Federn an mir klebten, wuchsen mir Flügel, die mich aus dieser stagnierenden Gegenwart zurück in meine Vergangenheit brachten. Mein Leben, und meine Gedanken, hingen an dieser schmalen Kante. Ich befand mich zwischen verschiedenen Welten und Vorstellungen, zwischen den sexuellen Kräften in mir, die mich an einem Tag zu Anne und am nächsten zu Bina-B hinzogen, zwischen Sprachen, zwischen einem Gefühl von Sicherheit und von

Unsicherheit in einem Land, das einmal meins besetzt hatte und mir jetzt seine Türen nicht richtig öffnen wollte. Dann hörte ich einen Knall. Das ist bestimmt Anne, dachte ich. Ich löste mich vom Fenster und rannte in den Flur, wo die Hüterin der Bestie neben ihrem Panther stand. Mein vor Schweiß triefendes Fleisch dünstete Lüsternheit aus. Wieso bist du nackt? fragte sie. Ich antwortete nicht. Dann gute Nacht, sagte sie. Ahh. Hatte sie mir gute Nacht gesagt? Ich konnte mich nicht erinnern, dass sie schon einmal so sanft mit mir gesprochen hatte. Ich taumelte zurück in mein Bett. Vielleicht war das die wahre Anne, und ich hatte bloß eine Version von ihr gesehen, die der in meinem Zimmer gewachsenen Fantasie entsprach. Ich musste raus. Ich beschloss, spazieren zu gehen. Ich hielt die Luft an, während ich die Haustür öffnete und hinter mir wieder schloss. In einem der Fenster brannte Licht, und es war seins. Mein Zimmer war eine Gefängniszelle und sein Haus ein Wachturm mit Suchscheinwerfer. Ich hielt den Blick fest auf sein Fenster gerichtet, in der Erwartung, dass er den Kopf herausstrecken würde. Er zeigte sich nicht. Halb ängstlich, halb ehrfürchtig stand ich da. Das Licht aus seinem Fenster strich zärtlich durch die leere Straße. Auf Zehenspitzen ging ich zur High Street. Ich sah mich ständig um und zuckte beim kleinsten Geräusch zusammen. Schrecken herrschte über die Klänge der Nacht. Ich kämpfte mich voran. Als ich einen Mann auf mich zukommen sah, duckte ich mich auf dem Gehweg hinter eine Mülltonne. Als ich ein paar Augenblicke später die Brücke unterquerte und nach oben blickte, wurde das Gurren der Tauben zu einem Murmeln. Auf der Kilburn High Road blieb ich neben einem rund um die Uhr geöffneten Mini-Markt stehen. Ich wurde um eine Zigarette oder um Feuer gebeten, was ich nicht hatte, für eine Bettlerin gehalten, was mich nicht störte, ich bekam Kleingeld vor die Füße geworfen, wurde gefragt, Wie viel? was ich erst verstand, als der Mann wissen wollte, ob ich es auch anal machte. Links von mir trat eine Gruppe Menschen aus einer Tür, sie tanzten Linedance, gingen tief in die Knie, riefen den Umstehenden zu, sie sollten mitmachen. Kilburn wollte gerade in die Knie gehen und mitgrooven, als auf der anderen Straßenseite zwei Männer aus einer Bar gestürmt kamen und aufeinander einprügelten. Ein oberkörperfreier Mann blieb vor mir stehen. Er zog einen Schleimklumpen hoch und spuckte ihn aus. Gib mir deinen Blazer, sagte er. Nein, sagte ich. Er kam näher: Ist doch eh eine Männerjacke, sagte er, gib her. Ich weigerte mich. Soll ich dich abstechen? Lieber nicht, sagte ich. Was zur Hölle? sagte er, das war keine Frage. Süße, fügte er hinzu. Ich bin nicht deine Süße, sagte ich. Ich kenne dich gar nicht. Herrgott, sagte er, steckte die Hand in die Hosentasche und zog ein Messer heraus. *Alles vergeht, die Liebe bleibt – kullu yihalif, fiqri yiterif –* ኩሉ ይሓልፍ ፍቅሪ ትቐጽል. Als ich ohne meine Jacke zurück in mein Zimmer kam, setzte ich mich mit dem Tagebuch meiner Mutter aufs Bett. In dieser Nacht wollte ich nicht lesen. Aber als ich das Buch mit dem Ledereinband in der Hand hielt, konnte ich nicht widerstehen und schlug es auf. Die Schrift war klein und krakelig, als hätte meine Mutter es eilig und ganz viel zu sagen gehabt, und diese Dringlichkeit lockte mich: *Samstag. 4 Uhr morgens: Je älter wir werden, desto weniger spielerisch sind wir. Ich will nie erwachsen werden. Letzte Woche hat unser eritreischer Lehrer über die Zukunft gesprochen, auf Amharisch, wie es die äthiopischen Besatzer verlangen. Mir fiel auf, wie traurig er aussah. Statt ihm zuzuhören, habe ich die Augen geschlossen und an Xehay gedacht. Vorhin hatte ich pochende, krampfende Schmerzen im Unterleib. Ich wollte meinen Schmerz lindern. Also habe ich Xehay gebeten, zu kommen. Ich habe Kerzen auf dem breiten Fensterbrett aufgestellt und ihn beobachtet, als er am Tor ankam und durch unseren Garten mit den Limetten- und Orangenbäumen und dem Hibiskus ging. Ich schob meinen Fuß durch die Vorhänge, platzierte ihn zwischen den Kerzen und führte ihn Xehay in den Mund. Nachdem er jede meiner Zehen einzeln abgeleckt hatte, durfte er eintreten. Ich wies ihn an, sich die Augen zu verbinden und für mich durch das mit Stühlen, Büchern, Schuhen und Kleidern zugestellte Zimmer zu tanzen. Er stolperte zu mir. Ich zog mein Kleid aus. Er fiel gegen einen Stuhl. Ich war nackt. Dann stellte ich mich ihm in den Weg. Er prallte gegen mich. Krachend fielen wir auf den Boden. Wir haben noch nie so laut gelacht. Ich liebe dich, sagte er. Ich küsste ihn kichernd, zog mit den Zähnen an seiner Lippe. Ich setzte mich auf sein Gesicht, sein blutender Mund traf auf meine blutende Vagina.* Ich rannte ins Bad und übergab mich. Aber konnte man einmal verschlungene Worte wieder vergessen? Ich schrie Dianas Namen. Sie eilte mir zu Hilfe. Vielleicht war es der Fisch von vorhin, sagte sie. Nein, Diana. Die Keime meiner Mutter haben mich verseucht. An diesem Abend trank ich später in der Küche Kräutertee. Ich kaute Ingwerscheibchen, um meinen Magen zu beruhigen. Aber ich musste auch darüber sprechen, was meine Mutter sich unter Liebe vorstellte. Ihre Worte waren mein Ticket in die totale Verwirrung, in einen Albtraum, aber auch das Tor zu einem Teil meiner eigenen Geschichte. Würdest du sagen, dass deine ganze Geschichte zu dir gehört? fragte ich Diana. Das meiste, was wir über unsere Geschichte wissen, stammt ja nicht aus Erzählungen unserer Familien, sagte sie, sondern aus dem, was andere uns beibringen. Die meisten unserer Eltern sprechen nicht über die Vergangenheit, und ich kann sie verstehen. Weil sie das, was für uns Geschichte ist, wirklich erlebt haben, samt dem Schmerz und der Erniedrigung. Du hast Glück, dass deine Mutter dir ihr Tagebuch hinterlassen hat. Diana machte mir noch eine Tasse Tee. Ich wünschte, mein Vater hätte nicht so viel geschwiegen, sagte sie. Ich weiß, dass er mich mit seinem Schweigen schützen wollte, aber letztendlich hat es eine Lücke hinterlassen. Ich habe ein großes Loch in mir, und wie bei allem, das Löcher hat, wird früher oder später etwas Wertvolles aus mir herauslaufen. Manchmal müssen wir uns entscheiden, was mehr wehtut: unsere Geschichten zu erzählen, in all ihren Farben und Formen, egal wie abstoßend sie sind, oder den Preis dafür zu bezahlen, wenn sie unerzählt bleiben. Diana hielt inne. Sie legte ihre Wange auf meine Hand. Nach einer Weile zündete sie sich eine Zigarette an. Ich hab versucht, was ich konnte, Hannah, sagte sie. Ich bin herumgereist, um so viel wie möglich darüber herauszufinden, was mein Vater und seine Vorfahren durchlitten haben. Nach meinem Abschluss von der Uni hatte ich mehrere Jobs, habe Geld gespart, bin nach Ghana und Jamaika gereist, habe mit Verwandten in Yorkshire und in London gesprochen. Ich bin auf Geschichten gestoßen, die so kompliziert waren, dass ich am liebsten weggelaufen wäre. Darin ging es nicht nur um Widerstand. In meiner Familie gab es Freiheitskämpfer, Versklavte, Liebende, Arbeiter, Vergewaltiger, Prediger, aber auch Sexarbeiter. Und ich wollte nicht bloß wissen, wie sie sich widersetzt hatten, sondern auch, wie sie umeinander geworben, wie sie sich geliebt und wie sie Freude in ihr Leben gebracht haben und wie ihr Schweigen klang. Ich wollte alles, was zu mir gehörte. Ich wollte alles, was meine Vorfahren erlitten haben. Ich wollte ihren Garten voller Dornen und Blumen, Gewalt und Verstand. Das ist auch mein Garten, und ich gehe darin spazieren, selbst wenn er mich bluten lässt. Diana schenkte sich Wein nach. Hannah, die Worte deiner Mutter gehören zu dir, selbst wenn sie voller Keime sind, wie du sagst. Diana verstummte, als würde die Geschichte, die durch sie hindurchwehte, zur Last. Ein langer Moment verging. Bin ich müde, sagte sie dann, und als sie sich gähnend streckte, rutschten ihre Brüste aus ihrem Ausschnitt. Zwischen ihnen hatte sie ein Ankertattoo. Ich versuchte die Symbolik zu lesen. Bilder entfalteten sich in meinem Kopf, eins nach dem anderen, und nichts ergab mehr Sinn. Ich geh ins Bett, sagte sie. Ich blieb sitzen, starrte schweigend die Wand an, und schlief dann auf dem Stuhl ein. Ich wachte wieder auf, als die Haustür zuschlug. Anne? Pommesgeruch lag in der Luft. Anne stapfte die Treppe hoch, kurz darauf stolperte ich ihr hinterher. Ich drehte am Griff der Badezimmertür. Siehst du nicht, dass besetzt ist, oder was? Tut mir leid, Anne, sagte ich, dann warte ich. Anne stöhnte auf. Das Geräusch fegte die Berge der Anspannung in meiner Brust einfach weg. Als sie herauskam, trafen sich unsere Blicke. Ich war mir nicht sicher, ob der Geruch nach Öl, Burger und Pommes von ihrer Haut ausging oder von dem Arbeits-T-Shirt in ihrer Hand. Was is'? Hast du noch nie Titten gesehen? Schön, dich mal wieder zu sehen, sagte ich. Ok, cool, sagte sie und lief mit wehendem Rock auf ihr Zimmer zu. Plötzlich drehte sie sich um und fauchte: Hör auf mich anzustarren, Perversling. Ich verneigte mich. Als ich dann auf der Klobrille hockte, stieß Anne die Tür auf, kam rein und murmelte, Ich und meine Vergesslichkeit. Ich presste die Beine zusammen. Sie schnappte sich einen Ohrring vom Waschbeckenrand und wollte schon gehen, hielt aber inne. Sie legte den Kopf schief, musterte mich und ging dann, ohne ein Wort zu sagen. Der nächste Morgen kam, dann der Nachmittag, und an einem kalten Abend saß ich wieder mit Diana am Esstisch und wir redeten, rauchten und tranken. Nachdem sie ins Bett geschlurft war, kehrte ich zurück in mein Zimmer zum Tagebuch meiner Mutter. *Freitag. 5 Uhr morgens: Ich habe mir angewöhnt, Xehay besondere Geschenke zu machen. Immer mal wieder verwöhne ich ihn mit der Blume zwischen meinen Beinen. Während er sie anstarrt, stelle ich mir vor, wie es sein muss, sie zu sehen, aber nicht penetrieren zu können. Aber sein Hunger nährt seine Detailversessenheit. Ich genieße es, angeschaut, aber nicht angefasst zu werden. Ich kann kaum beschreiben, wie es mich erregt, wenn ich ihn an einen Stuhl fessele und nackt für ihn tanze. Ich hätte mir nie vorstellen können, welch tiefe Lust es mir bereitet, so viel Leidenschaft in den lebhaften Augen eines gefesselten Körpers zu sehen.* Als ich das Tagebuch zur Seite legte, dachte ich an Dianas Worte: Das ist auch deine Geschichte, Hannah. Ich saß auf dem Fensterbrett, ließ den Blick über London schweifen und stellte mir vor, wo Anne hinging, um zu tanzen, zu feiern und Sex zu haben. Ich fragte mich, wann ich jemandem nackt in die Arme fallen und mich in Lust hüllen würde. Ich las weiter im Tagebuch meiner

Mutter und ihre Worte verwurzelten sie tiefer in meiner Welt. *Freitag. 10 Uhr abends: Xehay und ich haben heute ein ernstes Gespräch geführt. Wir kennen uns jetzt schon seit ein paar Jahren. Er hat mir die Nägel lackiert, dann den Spiegel gehalten, während ich Lippenstift auftrug. Ich habe die Lippen zusammengepresst, um die rote Farbe zu verteilen, und ihm gesagt, dass ich heute mit jemand anderem ausgehe. Er hat die Strenge zwischen meinen Augen massiert, die wie ein Stein auf meine Nerven drückt. Diese Kopfschmerzen. Dieser Ekel vor der Welt und allen in ihr wütet in mir wie ein Feuer. Ständig bin ich wütend. Es ist, als wäre ich eine Dampflok, selbst zu der kleinsten Regung bin ich nur fähig, wenn die Kohlen in meinem Kessel brennen. Ich habe ihm in den Mund gespuckt, als wollte ich seine Unterwürfigkeit in Brand stecken. Ich habe ihn geschlagen. Er unterdrückte seine Schreie. Ich weiß, dass er Schmerz genießt. Aber in letzter Zeit ist mir bewusst geworden, dass mehr dahintersteckt. Seit er neun war, hat er gearbeitet und sich um seine Familie gekümmert. Er hatte keine Kindheit und konnte seine Jugendjahre nicht genießen. Mit mir will er noch einmal jung sein. Überraschenderweise bin ich nicht sauer, weil ich für eine Art Eskapismus benutzt werde. Dass er nicht so passiv ist, wie ich dachte, bringt mich zum Strahlen. Wahrscheinlich entwickle ich eine Schwäche für ihn. Als ich mich fertig geschminkt hatte, habe ich ihn gebeten, mich für mein Date anzukleiden. Ich lächelte, als er meinen Kleiderschrank öffnete. Er ist anders als alle anderen Männer, die ich auf so unterschiedliche Arten geliebt habe. Morgen werde ich ihn dann jedenfalls heiraten.* Das Tagebuch fiel mir aus der Hand und krachte auf den Boden. Ich schlang die Arme um meine Brust, schaukelte vor und zurück. Hätte

mein analphabetischer Vater mir das Tagebuch meiner
Mutter gegeben, wenn er gewusst hätte, was drinstand?
Die Bilder von meinen Eltern im besetzten Keren gingen
mir nicht aus dem Kopf, während ich in meinem Zimmer
in London zitternd im Bett lag, das Tagebuch meiner
Mutter neben mir auf dem Boden. O. B. B. Wer bin ich?
Bin ich wie meine Mutter oder mein Vater? Kann ich beiden ähnlich sein? Und wenn ich ihre unterschiedlichen
Arten zu begehren in mir trage, werde ich dann daran
zerbrechen? So viele Fragen, aber als ich in dieser Nacht
das Tagebuch meiner Mutter aufhob, drückte ich es an die
Brust. Während meine Gegenwart und meine Zukunft in
London stillstanden, gewann meine Vergangenheit an
Bedeutung. Sie tobte. Gefühle rauschten durch mich hindurch wie das Wasser durch die Rohre an der Außen-
wand meines Zimmers. Erst kribbelten meine Zehen,
dann durchflutete Erregung meinen ganzen Körper. Ich
träumte von Anne, als könnte ich durch eigene skanda-
löse Gedanken das Verhalten meiner Mutter aus meinem
Kopf verdrängen. Ich wusste kaum etwas über Anne,
Diana hatte mir nur wenig erzählt: dass sie als Kind aus
meinem Teil der Welt adoptiert worden und schon früh
aus ihrer Adoptivfamilie geflohen war. Bald würde sie von
der Arbeit nach Hause kommen. Ich berührte sie im Fett-
geruch, den sie auf der Treppe, im Bad und in meinen
Lungen hinterließ. Ich stellte mir vor, dass ich auf ihren
Fingern kaute, als wären sie die Pommes aus dem Restaurant, wo sie arbeitete, da hörte ich ihre Stimme. Verfickte
Scheiße. Ich öffnete ihre Tür. Was gibts denn hier zu glotzen? Dich, sagte ich. Lass das, sagte sie. Das ist ein freies
Land, sagte ich. Es wär schon nett, wenn du Leuten ein
bisschen Privatsphäre lassen würdest, weißt du, sagte sie.

Ich mach, was ich will, sagte ich. Glaubst du, das nervt nicht, dass du mir ständig im Weg rumstehst? Darf ich dir aus deiner Jacke helfen? Was? Ich will dir helfen, es dir bequem zu machen, sagte ich. Du bist komisch, sagte sie. Fick dich, sagte ich. Bitte was? Fick. Dich. Sie warf sich auf mich. Ich schloss meine Arme um sie und wankte rückwärts in mein Zimmer, auf mein Bett. Als sie auf mir lag, packte sie meine Handgelenke und drückte sie in die Matratze. Regen tropfte aus ihrem Haar in mein Gesicht. Sie war der tosende Himmel – Wolken türmten sich in ihr auf. Ihre Augen waren voller Dunkelheit. Sie regnete auf mich, ihre durchnässte Jacke flutete meinen Oberkörper. Ich wand mich. Sie streckte den Rücken durch und zog ihre Jacke aus, einen Arm nach dem anderen, dann legte sie mir eine Hand um den Hals. Ich stöhnte. Sie nahm die Hand weg und zog sich aus. Ich war benommen und berauscht, als sie mir ihren Arsch hinstreckte. Ich spreizte ihre Pobacken, und da war es: Metaphern loderten in meinem Kopf auf wie Freudenfeuer. Als ich sie weiter aufdehnte, schien es, als wäre ihr Loch eine geheime Höhle in Pompeji, die Wände ihrer Haut waren über und über bemalt und prophezeiten ein kurzlebiges Vergnügen vor einem unmittelbar bevorstehenden Untergang. Fiste mich, sagte sie. Ich zögerte. Ach du lieber Gott, du weißt nicht, was das hier ist, oder? Sie sprang von mir herunter und zog mir die Jeans aus. Ich zeigs dir, sagte sie. Zwei Finger. Mehr schaffte ich nicht ohne Schmerzen. Aber es musste wehtun, um all den Schmerz in mir zu ertränken. Ich grinste. Du willst es wohl hart, was? Es war, als wäre der schwarze Panther von ihrer Tür herbeigeprescht und hätte Besitz von ihr ergriffen, ihre Augen waren so golden und ihre Krallen so scharf wie seine. Hier, schrie sie. Und

hier. Irgendwann suchte ihre Hand in mir nach Geschichten. Anderen Geschichten als die meiner Immigration.
Sie erkundete mich, bis meine Menschlichkeit aus ihren
Augen leuchtete, den Augen einer Londonerin. Durch Sex
ließ Anne mich sichtbar werden. Aber ich wurde mehr als
nur gesehen. Meine Innenseite war der Spiegel für Fragmente ihrer Vergangenheit, von ihrem jüngeren, noch
nicht vom Leben verhärteten Ich. Unsere Körper allein
erinnern uns an die Hoffnung, die wir verloren haben, an
die Heimat, die wir nie zurückbekommen. Heimat ist
nicht mehr nur ein Land. Dein Bauchnabel ist meine Heimat, Anne, sagte ich. Deine Brüste, deine Augen, dein
Lächeln. Die Lücke zwischen deinen Zähnen ist meine
Heimat, die Delle auf deinem Schenkel und das Mutter-
mal auf deinem Schulterblatt. Du bist meine Heimat,
sagte Bina-Balozi auf der Bank am Fitzroy Square. O B B,
du bist meine Heimat, sagte ich und stierte in das *O*, das
ich aufdehnte, damit ich mit all meinen Erinnerungen
hineinpasste. In einer Nacht war ich, nachdem ich mit
Anne gekämpft hatte, bis ich ihren Krallen erlegen war,
auf allen vieren und sie saß hinter mir. Je weiter ich dich
öffne, desto mehr von mir selbst sehe ich in deinem Inneren, sagte sie. Es ist, als wären meine Kindheit und meine
Familie, die mich für ein besseres Leben zur Adoption
freigegeben hat, in dir begraben. Du bist eine Zauberin,
eine Hexe, sagte sie. Ich wollte ihr sagen, dass beides nicht
stimmte. Sie sah, was sie sehen wollte. Unsere Art von Sex
ließ es möglich werden, etwas zu entdecken, das in uns
verborgen lag, und vielen selbstverständlich schien. O.
O B B, gib mir dein *O*, zeig mir den Vater, die Mutter, die
Tante und das Land, die ich verloren habe. Atemlos brach
Anne in meinen Armen zusammen. Wenn das Feuer in

ihr ausgebrannt war, überließ sie sich ihrer sanften Seite, die ich in meinen Armen nährte. Ich strich ihr über das Haar, summte ein Lied auf Tigrinya für sie. In einer Nacht sank Anne, wie in so vielen Nächten, auf meine Brust und schlief in meinen Armen ein. Ich kann mich nicht erinnern, ob ich es war oder sie, aber eine von uns flüsterte *Ich liebe dich*. Manchmal wird aus Liebe Krieg, und Krieg bringt Liebe hervor. Anne schnarchte leise. Aber die Kratzer von ihren Nägeln und die Narben von ihrer Liebe brannten und hielten mich wach. Ich kroch aus dem Bett und ging nach unten. In der Küche lief Jazz. Diana stand da, die Augen geschlossen, das Haar offen, die Arme um die Brust geschlungen. Vermutlich ließ sie ihre Seele tanzen, wie sie mir einmal erzählt hatte. Ich stellte mich zu ihr und hoffte, dass meine Seele mittanzen würde. Aber nichts rührte sich, als wäre der Tunnel zu meiner Seele blockiert. Ich wollte mich hinsetzen, rutschte aber aus und knallte gegen den Stuhl. Diana trug mich aufs Sofa. Was ist passiert, Schätzchen? Sie bettete meinen Kopf auf ihre Brust. Warum hast du denn nichts an? Sie breitete eine Decke über mich. In meinem Kopf hatten Erinnerungen menschliche Gestalt angenommen, sich in Gespenster verwandelt, die jetzt durch meine Gedanken spukten. Manche davon hatte ich hier getroffen, andere waren mir aus Eritrea gefolgt oder hatten sich in der Wüste auf meinen Rücken gesetzt, meine Arme umklammert und sich in meinen Poren verkrochen. Die Geister von Verstorbenen fanden eine Oase in meiner Brust und benutzten meinen Körper als Ticket in den Westen, und als ich ankam, sah ich aus wie ein überladener Lastwagen, der das Gleichgewicht zu verlieren drohte. Ich bohrte mir die Fingernägel in die Kopfhaut, als könnte ich die, die in mir eine Heimat suchten, einen nach dem anderen heraus-reißen. Ich sehnte mich zurück nach den Tagen, als Bomben in meinem Kopf dröhnten und Kampfflugzeuge sich in meinen Augen spiegelten. Mit jedem Tag, an dem ich auf den Brief aus dem Home Office wartete, verging ein weiterer Tag, an dem ich nicht hierhergehörte, doch während ich wartete, verlor ich auch den Kontakt zu meinem Heimatland. Entwurzelt verschwendete ich mein Leben an meinem Fenster. Meine Tage zogen so schnell vorbei wie die Züge der Jubilee Line. Ich wünschte, ich hätte meinen Pass nicht zerrissen. Aber würde mein Land mich zurücknehmen, jetzt, da ich so pervertiert war, da ich die Gestalt meines Inneren in den Augen eines schwarzen Panthers gesehen hatte? Diana streichelte mir den Kopf und summte. Ich schloss die Augen und haschte mit den Lippen an den Ketten, die ihr Dekolleté schmückten, auf der Suche nach etwas, das mich beruhigen würde. Ich fand ihre Brüste. Ich nahm ihren Nippel in den Mund und saugte. Hannah, was machst du da? Hör auf. Ich hörte nicht auf. Hannah, Schätzchen, sachte. Hannah, ich kann nicht atmen, sagte Diana. Ich dachte, mein Körper läge zu schwer auf ihr und versuchte mich zu bewegen und ihre Brust loszulassen. Nein. Nicht. Bitte bleib, sagte sie und schob ihren Nippel wieder zwischen meine Lippen. Ich driftete in einen traumartigen Zustand und schlief ein. Von da an verbrachte ich meine Zeit abwechselnd mit kriegsähnlichem Sex mit Anne und schleppte meinen geschundenen Körper dann zu der Oase an Dianas Brust. Sonst gab es für mich nichts zu tun. Immer wieder musste ich mich daran erinnern, dass ich weder studieren noch arbeiten konnte, bis das Home Office mir seine Entscheidung über meinen Antrag mitteilen würde.

Jetzt dauert es bestimmt nicht mehr lange, meinte meine Anwältin. Ich wartete. Ich war schon fast neunzehn, vielleicht sogar schon über zwanzig. Diana hatte geschworen, dass ich bleiben konnte, bis der Brief kam. Ich kochte eritreische Gerichte für sie: gebratenes Fleisch mit Berbere aus einem eritreischen Geschäft und Hühncheneintopf. Sie machte Nachtisch. Cheesecake mochte ich am liebsten. Ich liebte es, ihr beim Backen zuzuschauen: Wenn sie die Zitronen presste, hob sich ihre Brust, als erinnerte die tropische Frucht sie an Felder in Ghana und der Karibik. Weite Felder erstreckten sich in ihrer Brust. Wir sprachen darüber. Über wiederkehrende Metaphern. Wir dachten oft an den Mond, die Sonne und die Tropen, wie um uns an unsere Wurzeln zu erinnern. Durch die Wiederholung fanden wir eine Sprache, die dem erzwungenen Schweigen in uns eine Stimme gab. Wir liegen in Ketten. In den Händen der Besitzlosen sind Klischees eine mächtige Waffe. Ich weiß nicht mehr, wer das gesagt hat, aber spielt das überhaupt eine Rolle? Jeden Tag hing ich an ihrer Brust, zehrte von ihrem Geist und pflückte Dornen, Rosen und Plattitüden aus dem Garten in ihr, holte mir unsere Metaphern zurück und schrieb sie um, wie es uns gefiel. Sie erzählte mir eine Anekdote von einem Geliebten. Oder besser gesagt von einem, von dem ich dachte, dass er es werden würde, sagte sie. Liebe und Sex sind nämlich nicht das Gleiche, wie ich feststellen musste. Einmal hat er nachts im Bett von hinten auf mich eingestochen, als wäre ich ein Feind, den er schon seit Jahren zu fassen kriegen wollte. Kein Rhythmus, nur rasende Wut. Ich habe mich von dem Messer an seinen Hüften losgerissen. Die Geschichte hat es nicht gut mit uns gemeint. Sie hat uns mit Gewalt auszulöschen versucht, und ich habe ihm gesagt, dass ich Zärtlichkeit brauche, um wieder ganz zu werden. Sie ging in die Knie, und als sie die Ofentür aufzog, verbrannte sie sich die Fingerknöchel. Sie schrie auf. Autsch. Ich hielt ihre Hand und pustete darauf, mein Atem kondensierte, als strömte der nahende Winter aus meiner Brust. Aber nur wer Kälte gelitten hat, kann sich am Feuer erfreuen, nur wer friert, kann die Wärme fühlen. Danke, Schätzchen, sagte Diana, und während der Ofen noch offen stand und Hitze gegen meine Beine blies, fügte sie hinzu, Hannah, ich hab dir das mit dem Mann erzählt, weil ich damals das Gleiche gebraucht habe wie du neulich. Ich weiß, du hast mir in die Seele geschaut. Ich bin 53 und habe immer noch Liebe in mir. Das Leben ist kurz, und ich will all die Liebe nicht mit ins Grab nehmen. Sie hielt inne und senkte den Kopf. Wir wendeten beide den Blick ab, von diesem Moment, von dem, was zwischen uns war, weil wir es nicht labeln wollten: War es die Geflüchtete und die Einheimische, die Teenagerin und die Erwachsene, die Eritreerin und die Britin, oder etwas ganz anderes? Brauchte es denn ein Label? Aber wie wir zu sein hieß genau das, ständig zu hinterfragen, ständig zu zweifeln, sich allein einen Weg zu bahnen wie der Weiße Nil und der Blaue Nil, Hindernisse zu überwinden, ums Überleben zu kämpfen, zwischen Trockenheit und Überschwemmung, Ebbe und Flut, Tag und Nacht, bis wir uns an der Mündung trafen: in ihrem Haus in Kilburn. In einer Nacht drehte Anne mich auf den Rücken und band mir Beine und Arme zusammen, um besser an das Afrika zu kommen, das sie seit ihrer Adoption vermisste. Ich erinnere mich, dass ich darüber nachdachte, wie wir immer eindimensionaler wurden. Trotzdem öffnete ich ihrem Verlangen und ihrer Vorstellungskraft immer mehr Dimensionen meines Körpers. Das bedeutete Sex für mich: jemanden in mich hineinzulassen, der seiner Fantasie freien Lauf ließ, so wie Anne. Sie richtete sich in mir ein. Für diejenigen von uns, die auf der Straße leben, die rastlos und ohne Eltern sind, die ein Kolonialregime nach dem nächsten erleben, von einem Krieg in den nächsten fliehen und nach Freiheit suchen, ist Sex ein Zuhause. Sex ist unsere Freiheit, dachte ich, als ich BBs Schatten sah. Hinter ihm an den Rosen des Fitzroy Square wuchs sein Zögern. Ich wollte ihn fester auf meine Schenkel drücken, ihn davon überzeugen, dass seine Suche nach einem Zuhause enden würde, sobald er mich in sich hineinließ, denn unsere Körper waren das Einzige, das wir kontrollieren konnten. Alles, was wir brauchen, ist in uns, sagte ich zu BB. Ich lebte in der Liebe, und der Schmerz erinnerte mich manchmal an ein ansonsten seltsames Leben. Als Diana wieder einmal meinen Lieblingskuchen backte, schob sie das Blech zurück in den Ofen und zog mich an ihre Brust. Meine Zeit in ihrem Haus drehte sich nicht darum, eine Sprache zu lernen oder mich an eine neue Kultur anzupassen. Die Sprache lernte ich schnell, auch wenn die durcheinandergewürfelten Wörter, die wuchtigen Adjektive und die leeren Phrasen mich noch weiter verwirrten. Wer in eine Sprache hineingeboren wird, weiß nicht, was es heißt, Wörter zu adoptieren. Es gab keine Kultur, an die ich mich anpassen musste. Meine Kultur war universell, sie verband die Bücher in Dianas Regalen mit denen, die mein Vater gesammelt und begraben hatte. Worte sind meine Kultur, sagte ich einmal zu Diana, als wir auf ihrem Sofa saßen. Sie war wegen Rückenproblemen entlassen worden. Das hat sie mir damals erzählt, aber später, nach ihrem Tod, ein paar Wochen nachdem sie den Cheesecake gebacken hatte, fand ich heraus, dass sie wegen Belästigung gekündigt hatte. Sie hat mir nichts davon erzählt, weil sie nicht wollte, dass ich den Glauben in das Land verlor, in das ich auf der Suche nach Frieden und einer besseren Zukunft geflohen war. In ihrem Abschiedsbrief schrieb sie, dass ich mir selbst ein Urteil über mein neues Land bilden sollte. Das Land, das sie liebte und von dem sie hoffte, dass auch ich es lieben würde. Sie entschuldigte sich dafür, dass sie mir nicht wie versprochen Yorkshire gezeigt hatte, nicht mit mir in den Lake District gefahren war oder nach Edinburgh, die Stadt, die ihr den Mut gegeben hatte, die Melancholie zu lieben. Mit dem Trinken hatte sie angefangen, als sie ihren Traum aufgeben musste, weil sie seit Jahren keine Rollen mehr bekommen hatte. Sie verzweifelte daran, wie die freie Welt um sie herum sie von ihren Zielen abzubringen versuchte. Was ist schon Freiheit, schrieb Diana, wenn sie auf Vorurteilen beruht? All das schrieb sie in ihrem letzten Brief, von dem ich mir einen Teil auf den Rücken tätowieren ließ, damit jeder, der in mein Bett kommt, es mit einem Schnipsel aus Dianas Welt wieder verlässt. Buchstabe für Buchstabe, Satz für Satz, als wäre mein Körper eine mittelalterliche Schriftrolle. Mein Körper wurde zu einem Mahnmal für sie, wie ihrer für ihre Ahnen. Dass Körper zum Träger von Geschichten werden konnten, entdeckte ich, als Diana den Cheesecake in den Ofen geschoben hatte und wir im Wohnzimmer auf dem Sofa saßen. Mir fiel auf, dass ihre Zehennägel gelb und ihre Fingernägel pink lackiert waren, und ich sagte, dass sie ja fast ein Gemälde war. Oh, warte, sagte sie, ich zeig dir was. Sie stand auf

116

und zog ihre Hose runter. Blumen bedeckten ihre Schenkel. Tattoos von Rosen trafen auf Lilien, Orchideen und Hibiskus. Ein tropischer Garten auf ihrer Haut mit dem Duft nach Sehnsucht. Wie sehr kann man sich bitte nach seinen Ahnen sehnen? Oh mein Gott, Hannah, du hast es verstanden. Manchmal werde ich nämlich gefragt, wieso Blumen? Das ist doch ein Klischee. Sie zog die Hose hoch und setzte sich wieder. Originalität liegt im Detail. Auf die Interpretation kommt es an. Das Problem ist, dass wir Texte, Bilder und Situationen durch die Wahrnehmung anderer übersetzen, nicht durch unsere eigene. Dadurch wird etwas zum Klischee. Steh zu deiner Interpretation, dann bekommt die Welt eine ganz neue Bedeutung für dich. Das hat Diana gesagt. Dann ging sie mit tänzelnden Schritten zum Regal und kam mit einem Buch zurück. Ich betrachtete sie, den Kopf in die Hand gestützt. Scheiße. Der Kuchen. Sie rannte in die Küche. Ich betrachtete das Buch, das sie auf dem Sofa liegen gelassen hatte. Ich schob es zur Seite und setzte mich auf Dianas Platz, um in ihrer Wärme zu baden, bis sie wiederkam. Und als sie dann kam, zog sie schwarze Rauchschwaden hinter sich her. Der Kuchen war komplett verkohlt. Es tut mir leid. Ich habe nichts zu essen für dich. Sie setzte sich zu mir und zog mich an sich. Mit jedem Schluck aus ihrer Seele versank ich in ihrem Körper. Wie schliefen auf dem Sofa. Wir wachten auf. Wir sprachen über die Tauben unter der Brücke und darüber, wie oft ihre Kacke auf ihrem Kopf landete. Mein Leben läuft schon lange beschissen, sagte sie einmal, als sie an ihrem Glas Wein nippte. Und während ich an ihrer Brust trank, verschlang ich die Liebe in ihrer Brust, den Wein in ihrem Atem, die Traurigkeit in ihren Gedanken. Mit der imaginären Milch einer

Londonerin glitt London mir die Kehle hinunter. Ich war Bürgerin eines London, das auf ihrer Brust verzeichnet war, auf Annes Schenkel und, hoffentlich, auch in Bina-Balozis Hintern. O Bina-B. Ich habe Diana gebissen, habe ihr Herz, das zu verstummen drohte, obwohl es doch noch so viel zu geben hatte, wiederbelebt. Hannah. Unsere Seelen tanzten zum Jazz. Diana warf den Kopf zurück, schloss die Augen, und ich wollte es ihr gerade gleichtun, als der Geruch nach Pommes zu mir wehte. Anne. Was zur Hölle macht ihr da? Ich fasse es nicht. Anne rannte nach oben, und noch in derselben Nacht verließ sie Dianas Haus. Lieber geh ich auf die Straße als im Haus einer Hure zu bleiben, war alles, was sie zu Diana sagte. *Alles vergeht, die Liebe bleibt – Kullu yihalif, fiqri yiterif.* Diana und ich blieben allein im Haus zurück. Wochen vergingen. Schweigen türmte sich auf wie ein Hochhaus, in dem unsere Traurigkeit und die unausgesprochenen Sehnsüchte wohnten, die wir aufgeben mussten. Nachdem Anne gegangen war, trat Bina-B in den Vordergrund. In der klaren Luft meiner stillen Tage erwachte er zum Leben, in kleinen Erinnerungen in den Möbeln, die er zurückgelassen hatte, und in den Schatten der Risse in den Wänden. In den ersten Wochen gingen Diana und ich auf Abstand. Ich verbrachte meine Zeit hauptsächlich in ihrem Wohnzimmer und las Bücher über Geschichte, Dichtung und Kunst. Wir kochten füreinander. Wir aßen, ohne zu sprechen, und in unseren Schatten, die in der erzwungenen Ruhe des gedimmten Lichts an den Wänden lehnten, gärten unsere Gedanken vor sich hin. Wir tranken, ohne uns zu sehen, unsere Münder pafften Rauchwolken zwischen unsere Gesichter. Wenn der Rauch sich einmal lichtete, aufgesogen von unseren Lungen, senkte sie den Blick und wickelte sich einen Schal um die Brust, um die Seen der Liebe in ihr zu bedecken. Über Nacht hatten wir einander zu Waisen gemacht. Aus ihrem CD Player dröhnte Jazz. Wir lachten, wenn wir beim Zeitunglesen auf eine lustige Geschichte stießen. Wir seufzten, wenn uns ein Text einen Stich versetzte. Und wir empörten uns darüber, welche Wendungen das Leben in diesem Zimmer, in dem Haus in Kilburn, wo wir uns vor der Welt verschlossen, nehmen konnte. Und auch nahm. Wir bekamen beide Post. Diana bekam ein paar Tage nach Annes Weggang einen Brief von der Polizei, in dem stand, man hätte sie wegen unziemlichem Verhalten angeklagt. Mit den Ermittlungen gegen sie stiegen Dianas Schulden gegenüber einer undankbaren Gesellschaft. Die Berge auf ihrem Rücken wurden steiler. In meinem Brief stand, dass mein Antrag abgelehnt worden war. Die Person, die im Home Office meine Geschichte gelesen hatte, fand sie nicht überzeugend. Nicht überzeugend, wiederholte ich. Doch obwohl meine von Anwälten drastisch überarbeitete Geschichte ihre Vorstellungskraft überstrapazierte, konnten sie mich nicht zurückschicken, weil der Krieg zwischen Äthiopien und Eritrea noch andauerte. Das Home Office gewährte mir stattdessen den Status einer Asylsuchenden, was laut meiner Anwältin hieß, dass sie sich Zeit ließen, um über meinen Fall zu entscheiden, dass ich also noch länger in der Warteschlange, auf der mit Angst gepflasterten Kriechspur verbringen musste, und das bedeutete: noch mehr Unsicherheit, noch mehr Angst, noch mehr Druck auf meinem Kopf. Ich erinnerte mich an den Esel auf dem Berghang in Keren. *Alles vergeht, die Liebe bleibt – Kullu yihalif, fiqri yiterif.* Ich stand vor Diana, die ihren Brief von der Polizei gefal-

tet und oben auf den Stapel mit Briefen, Fragen, Rechnungen und Frustrationen gelegt hatte, und las den Brief
vom Home Office noch einmal. Die Möglichkeit einer
Abschiebung hing wie eine Schlinge neben meinem Kopf.
Whiskey. Gib mir Whisky, bitte. Und Wein. Ich steckte
den Brief vom Home Office in meinen BH und ging nach
oben in mein Zimmer. Nicht der Alkohol, den ich trank,
brachte mich ins Wanken, sondern das Leben, das mir
seine Tür einfach nicht öffnen wollte. Von da an war London für mich wie ein verwundeter Traum, wie ein Foto,
das ich zerknüllt und wieder glatt gestrichen hatte. Das
London, das ich mir von der Jubilee Line aus als eine so
rasante Fahrt vorgestellt hatte, taumelte jetzt durch meinen Kopf wie auf geborstenen Gleisen, jedes Rad setzte
auf die Sprache eines anderen Landes auf – Serbien,
Somalia, Äthiopien, Peru, Iran oder Eritrea. Ich dachte,
der Mann am Fenster hätte recht. London war voll. Es
gab keinen Platz mehr für mich. Ich war zu komplex,
meine Geschichte unglaubwürdig, unübersetzbar. London brauchte jemanden, der sich sofort einfügen würde,
ohne Traumata, die auf die Stimmung und die Produktivi-
tät drückten, jemanden, der mit einem Lachsack ankam
und in dieser verhangenen Stadt die Laune aufhellte. Ich
starrte aus dem Fenster. Die Träume von Londonern
sammelten sich zu einer Wolke, die durch den Himmel
streifte und mit Regen drohte. Ich steckte den Kopf weiter
aus dem Fenster. Wenn man die Nacht unter den herab-
strömenden Träumen von Londonern verbringt, läuft
man Gefahr, einer Stadt zu begegnen, die mit einem Messer in der einen und einem Zauberstab in der anderen
Hand durch die Straßen marschiert. Völlig durchnässt,
das Haar schwer vom Regen, stellte ich mir vor, wie Anne

irgendwo da draußen Sex hatte, durch das Loch eines anderen atmete, ein neues Reich entdeckte und nach ihrer Arbeit im Fast-Food-Restaurant weiter ihrem hedonistischen Leben nachging. Ich, wir, die Immigranten waren in unserem ungewissen Status eingesperrt, unsere Zukunft und unser Selbstwert waren an die Wahrscheinlichkeit einer Aufnahme oder einer Ausweisung gekettet, wir wurden in der Unsicherheit gefangen gehalten. Anne war die Entdeckerin unserer inneren Welten. Als ich in dieser Nacht in Dianas Haus im Bett lag und mir das Tagebuch meiner Mutter aufgeschlagen auf die Brust legte, war es, als würden ihre Worte zu Flügeln. Ich weiß, diese Metapher hab ich schon einmal verwendet, aber ich werde mich nicht dafür entschuldigen. Worte sind meine Flügel. Ich stellte mir vor, wie ich über London flog. Nicht das London aus Gebäuden, Straßen, Kanälen und Gebetshäusern, sondern eins aus Geschichten. Ich sah Worte die Stadt fluten wie unbezwingbare Flüsse. Ich sah Geschichten wie Säulen, die die Stadt auf ihren Schultern trugen. Ich sah in den grauen Himmel geschriebene Wolkenkratzer. Eine Stadt, die so beständig ist und so strahlt wie London, ist nicht aus Zement und Beton gebaut, sondern aus Worten. Ich bin aus Eritrea weggegangen, um einen sicheren Ort zum Leben zu suchen. Ich bin allein nach London gekommen, nur begleitet von meiner Geschichte, zu der entlang meines Weges neue Wörter und Wendungen hinzugekommen waren. Doch das, was ich erlitten, was meinem Körper Qualen bereitet hatte, ließ das Home Office meine Geschichte abweisen. Aber hatte ich auf die Geschichte meiner Mutter nicht zuerst genauso reagiert? War es mir nicht schwergefallen, zu glauben, dass eine eritreische Mutter eine Art von Liebe suchte, die Wunden zufügt? War ich das Kind, das sie meinem Vater gemacht hatte, wie sie in einem Tagebucheintrag schrieb? *Dienstag. 4 Uhr nachts: Gestern hat Xehay die ganze Nacht zwischen meinen Beinen gesessen und zwischen meine Schenkel gestarrt. Ich wusste, dass er am nächsten Morgen in einer Welt in der Form meiner Vagina aufwachen würde, so unbezwingbar wie unsere Liebe. Aber dann, ungefähr eine Stunde, nachdem wir ins Bett gegangen sind, hat er plötzlich geschrien. Er hat inzwischen jede Nacht Albträume. Rette mich, Mary, sagte er. Bitte rette mich. Lass mich raten, du hast geträumt, du wirst von Hunden verfolgt, sagte ich. Nein. Keine Hunde. Kinder. Sie haben ausgesehen wie Vögel und sind überall herumgeflogen. Überall. Oh Xehay, mein lieber Mann, du träumst von einem Kind. Ich mach dir eins.* Ich ertrug es nicht, weiterzulesen, mir vorzustellen, dass ich aus einem Angsttraum geboren war. Einen ganzen Tag blieb ich im Bett, starrte aus dem Fenster, lauschte dem Quietschen der Gleise und beobachtete die gelegentlichen Lichtblitze im dunkler werdenden Himmel. Ein tieffliegendes Flugzeug erinnerte mich daran, wie ich selbst in einem gesessen hatte, über den Wolken der Stadt geschwebt war, der Nebel hatte sich geteilt wie Vorhänge und uns auf der breiten Landebahn willkommen geheißen. Um 10 Uhr abends tapste ich ins Bad. Entschuldige, Schätzchen, aber ich komme rein, sagte Diana, die in ein weißes Handtuch gewickelt in der Tür stand. Ich muss mich für mein Date fertig machen. Aber ich brauch nicht lange. Ich nickte und trottete in die Küche. Ich machte mir englischen Tee, nicht wie Diana es mir gezeigt hatte, sondern auf meine Art: zuerst die Milch, dann ein Teebeutel und ein Löffel Zucker. Ich machte mir Abendessen, und als ich mich mit meiner Schüssel Cornflakes an den Tisch gesetzt hatte, kam Diana herein und pfiff ihren Lieblingssong. »I Just Called to Say I Love You«. Sie pfiff ihn ein paarmal, während sie um mich herum ging und die Schränke auf- und zumachte. Hannah, hast du das Olivenöl gesehen? Ich will mir die Beine rasieren, aber mein Rasiergel ist alle. Es ist in meinem Zimmer. Wieso? fragte sie. Von Annes Faust konnte ich ihr nicht erzählen. Ich log. Für meine Haare, sagte ich. Ich hol es dir. Kannst du es mir bitte nach oben bringen? Sie ließ die Badezimmertür einen Spaltbreit offen. Ich erhaschte einen Blick auf ihr Spiegelbild. Es war, als hätte das fluoreszierende Licht im Bad eine andere Seite ihrer Brust freigelegt. Sie verrieb das Peeling, ihre Hände bewegten sich kreisend um ihre Brüste, die ich ewig nicht berührt hatte. Mit dem Bild von Diana im Kopf kehrte ich zurück zu meinem Abendessen. Im Fernsehen lief Snooker. Wieder einmal gewann ein Schotte die Weltmeisterschaft. Zurück in meinem Zimmer kam der Winter zu mir ins Bett. Ich schloss das Fenster und lehnte mich mit bloßem Rücken gegen das Eis. Fröstelnd versank ich in Erinnerungen. Wie lächerlich Erinnerungen werden, wenn man traurig ist. Wir klammern uns an sie wie an ein Seil, um nicht den Verstand zu verlieren, stellen dann aber fest, dass ihre Stränge aus der gleichen Traurigkeit gemacht sind, die sich um unseren Hals legt wie eine Schlinge. Es war mein erster, vielleicht auch mein zweiter oder dritter britischer Winter. Für Immigranten, denen ihre Zeit nicht gehört, sind Jahreszeiten imaginär. Auf meinem Schreibtisch lagen zwei Bücher, die Diana mir letzte Weihnachten gekauft hatte. Ein irischer Roman und ein Buch über die Natur. Ich entschied mich für Letzteres. Es ging um Bäume. Wusstest du, dass du Bäume dazu bringen kannst, mit dir zu sprechen? Wusstest du, dass Bäume lachen? Wusstest du, dass sie die Dichter sind, die die Gezeiten der Meere heraufbeschwören? Wusstest du, dass ein Liebesakt unter einem Baum die Natur bereichert? Bäume wachsen aus Sentimentalität und blühen aus Melancholie. Manche der Bäume in Bloomsbury hatten Virginia Woolfs Traurigkeit geerbt, andere waren weitergezogen zum Geist von Audre Lorde und ließen erotische Träume auf meine Nächte rieseln. All das lernte ich aus Gesprächen mit Londoner Bäumen, als ich, ein paar Monate nachdem ich die Snookerübertragung ausgeschaltet und das sich in meinem Bett rekelnde Eis entdeckt hatte, obdachlos wurde und unter dem Baum am Tavistock Square lebte. Diana kam früher von ihrem Date zurück als geplant. Es war eine Enttäuschung gewesen. Ich setzte mich zu ihr an den Tisch, um darüber zu reden. Er hat in dem indischen Restaurant die ganze Zeit andere Frauen angestarrt, sagte sie. Typisch Mann, steht eben auf Frauenärsche. Und ich stehe auf Männerärsche, sagte ich. Wie war seiner denn? Diana lachte, und nach einem kurzen Schweigen fügte sie hinzu, Manchmal denke ich zu viel nach. Wahrscheinlich ist es das. Ich muss akzeptieren, dass ich die große Liebe vielleicht nie finden werde, aber ich hab ja trotzdem lauter Dinge um mich, die ich liebe: Wein, Bücher, Zigaretten, London, lange, warme Duschen, und… Sie hielt inne. Dann sagte sie, mit einem strahlenden Lächeln, Und dich, Schätzchen. Diana streichelte meine Hand. Tut mir leid, sagte ich. Ach, muss es nicht, sagte sie. Ich hab ihn dann jedenfalls sitzen gelassen und bin in einen Kebab-Shop geflüchtet. Sie strich sich Strähnen hinter die Ohren und packte ihr Kebab mit Pommes aus. Komm, iss mit mir,

Schätzchen, sagte sie. Die Pommes erinnerten mich an Anne. Mit der Erinnerung an ihre Squirts würgte ich auch meinen Kummer herunter. Als ich mir eine Pommes und ein fettdurchtränktes Stück Kebabfleisch nahm, pochte es zwischen meinen Schenkeln. Fett war von historischer Bedeutung für mich, weil es mit Begehren verknüpft war. Die Geschichte der Sinne und der Intimität war genauso relevant wie die Geschichte von Nationen. Ich dachte an meine Mutter, die ihre eigene Geschichte geschrieben hatte. Für sie war ihre eigene Geschichte genauso wichtig wie die ihres Landes. Aber die eigene Geschichte konnte auch Konsequenzen haben, wie Diana mir zeigen würde. Als wir in dieser Nacht ihr Kebab mit Pommes aßen, erinnerte sie mich einmal mehr daran, dass ihr Schmerz weniger schwer wog als meiner. Wir waren in einer Spirale von gegenseitigem Mitgefühl gefangen. Jetzt heule ich dir auch noch was vor, sagte sie. Wieder einmal. Ich brauchte eine Weile, um zu verstehen, was sie meinte. Kann man Leid messen? Ich fragte sie nicht, warum sie glaubte, dass mein Schmerz schlimmer war als ihrer und deshalb mehr Mitgefühl verdiente, obwohl ich mich das schon oft gefragt hatte und es schon oft hätte aussprechen können. Doch einen Moment lang war ich an diesem Abend stolz darauf, dass die Berge von Schmerz auf meinem Rücken größer wirkten, als sie waren. *Freitag. 3 Uhr nachts: Als Xehay heute von der Arbeit nach Hause gekommen ist, lag ich mit einem anderen Mann im Bett. Ich habe ihm gesagt, er soll herkommen. Er hatte Tränen in den Augen, aber ich war sicher, dass es Freudentränen waren. Mein Liebling hat sich immer ein Kind gewünscht. Und heute Nacht war es so weit. Er hat sich aufs Bett gesetzt. Ich habe ihm die Wange gestreichelt.*

Ich liebe dich, sagte er. Ich liebe dich auch, sagte ich. Ich spreizte die Beine für den Mann, der mein Kind zeugen sollte. Xehay beugte sich zu mir. Er küsste mich, während der Mann meine Beine auf seine Schultern legte und langsam in mich eindrang. In dieser Nacht habe ich Hannah empfangen. Nein. Stille. Nein. *In dieser Nacht habe ich Hannah empfangen.* Nein. Ich rannte auf die Straße. Nein. Ich sprintete los, hierhin, dorthin, durch dunkle Gassen, in Sackgassen, blieb mitten auf der Straße stehen, später unter der Brücke. *Xehay ist mein Vater.* Ich keuchte, schnappte nach Luft. *Nein. Xehay ist mein Vater.* Völlig außer Atem und von Taubenkacke bedeckt stand ich wieder vor Dianas Tür. Ich schrie den Namen meines Vaters. *Xehay.* Xehay ist mein Vater. Nicht der andere Mann. Mein Vater heißt… Ich hielt inne. Ja. Ja. Xehay. Mein Vater heißt Xehay. Ruhe. Die Leute schlafen. Es war der Mann von gegenüber. *Xehay ist mein Vater.* Er streckte den Kopf aus dem Fenster und funkelte mich an: Halts Maul. Ich war mir sicher, dass er mit dem Offizier verwandt war, der meinen Großvater verflucht hatte. Nigger. Ratten. Flüchtlinge. Scheißschwarze. Ich hob einen Stein auf, rannte auf sein Fenster zu und zielte auf seinen Kopf. Blut. Noch ein Stein. Ein größerer. Eine Blutlache. Er erstattete Anzeige. Gefängnis. Vorstrafe. Meine Chance auf die britische Staatsbürgerschaft war ruiniert. Ein paar Tage nach meiner Inhaftierung bekam ich Besuch. Es war der Sozialarbeiter, der mich an meinem ersten Tag in London zu Diana gebracht hatte. Er überreichte mir einen Umschlag und eine Schachtel. Es tut mir leid, sagte er. Es tut mir leid. Diana war tot – als hätte meine Anwesenheit sie am Leben gehalten. Wenn ich das gewusst hätte, hätte ich nicht so auf das Tagebuch meiner Mutter reagiert. Ich hätte den Mann nicht mit Steinen beworfen. Ich wäre da gewesen, um ihre Wunden zu bedecken. Diana hatte mir ein Geschenk hinterlassen. *Eine Schachtel mit Geschenken fürs Leben, mein Schätzchen*, stand auf einem Zettel, mit einem Zwinkersmiley dahinter. In der Schachtel lagen zweitausend Pfund und ein Umschlag mit einem Brief. Der Umschlag fühlte sich schwer an. Schwer vom Gewicht ihrer Worte und den Bildern ihrer Eltern, von denen sie wollte, dass ich sie hatte. Einen Teil ihrer Geschichte trug ich in mir: eine Londonerin, deren Herz dort schlug, wo junge Menschen aus allen Teilen der Welt sich trafen, mit ihren Geschichten. *Alles vergeht, die Liebe bleibt – Kullu yihalif, fiqri yiterif.* Ich zog in ein Hostel in Victoria. Ein paar Häuser weiter wohnte eine alte Französin mit ihrem angeleinten Hund, der mich anbellte, als ich vor dem Hostel mit der wolkigen Fassade stand. Keine Sorge, er ist nicht rassistisch, sagte die Französin. Das sind Tiere nie, sagte ich. Aber Sie vielleicht? Sie zog an der Leine und zischte davon. Ich legte meinen Kopf in ein Kissen, das stank, als wäre es mit Scheiße vollgestopft. Ich hielt die Tasche mit meinen Kleidern, dem Brief vom Home Office, Dianas Schachtel und dem Tagebuch meiner Mutter im Arm, trug immer mehr Geschichten mit mir herum, als ginge es im Leben nur darum: die Erzählungen, Anekdoten, Ereignisse, Worte, die die Menschheit zusammenhielten. Ich drehte meinen Kopf hin und her. Schwer wie ein Stein lag die Tasche auf meiner Brust. Ich begann zu schluchzen, da hörte ich durch die dünne Wand ein Stöhnen aus dem Nachbarzimmer. Ich zitterte, mein Atem wurde flacher und meine Sicht verschwamm. Fick mich, schrie die Frau nebenan. Ich setzte mich auf. Ich musste dort sein, wo Leute Sex hatten, um den

Schmerz in mir zu ertränken. Ich ging auf den Flur und klopfte an die Tür meines Zimmernachbarn. Sie wurden leiser. Ich schlug fester gegen die Tür. Wer zur Hölle ist da? Ich bins. Wer? Ich, Hannah. Jetzt nicht, sagte der Mann. Ich hörte einen dumpfen Aufprall und ein Klirren. Ich wollte bei ihnen im Zimmer sein, ich wollte zerbrechen und zerbrochen werden. Mach auf, schrie ich und hämmerte mit beiden Fäusten an die Tür. Verdammte Scheiße. Mit nackter Brust, ein Handtuch um die Hüften, stand er da. Sein Adamsapfel hüpfte an seinem Hals hoch und runter wie der Höcker des Kamels, das mich aus Eritrea herausgeschmuggelt hatte. Ich zog ihm das Handtuch weg, als könnte er mir helfen, vor meinen Qualen zu fliehen. Ich kniete mich hin und lutschte seinen Schwanz durch das Kondom. Wer ist die? Was macht die da? Mach, dass sie aufhört, Mark, bitte. Mein Mund schlürfte genüsslich die Frucht ihrer Vagina. Mach, dass sie aufhört, Mark. Die Frau stürmte aus dem Zimmer. Mark wälzte sich auf dem fleckigen Teppich, der jetzt schon nach Pisse stank. Ich setzte mich auf sein Gesicht und goss ihm meine Pisse in den Mund. Die Polizei wurde gerufen. Mark weigerte sich, Anzeige zu erstatten, aber ich wurde rausgeworfen. Danke, sagte Mark vor dem Hostel, als die Polizei weg war. Ich komme schon seit Jahren mit Geliebten hierher, weil ich etwas Transzendentales erleben möchte, sagte er. Ich dachte, tja, ich dachte, es würde nie passieren, aber dann, tja, dann kamst du... Aus dem Nichts. Ich werde nie vergessen, wie sich das angefühlt hat. Ich sagte nichts. Kommst du klar? fragte er. Ja, sagte ich. Hast du einen Ort, wo du hinkannst? Ich blickte zur Straße, den Bäumen, den dicken Wolken, in denen sich mit dem Wahnsinn, den Lüsten von Londonern noch ein Sturm zusammenbraute. London ist mein Zuhause, sagte ich. Ich erinnerte mich an den Tag, als ich London auf dem Weg zu Diana nach Kilburn vom Rücksitz des schwarzen Autos aus zum ersten Mal gesehen und die schlafenden Männer auf der Straße bemerkt hatte. Ich such mir irgendwo ein Plätzchen, sagte ich zu Mark. Das hab ich auch immer gesagt, wenn ich auf der Straße geschlafen habe, sagte er. Hier, den wirst du brauchen, sagte er. Ich dachte an Dianas Yorkshire, als ich in den Mantel von einem Mann aus dem Norden schlüpfte, mit Schulterpolstern und einem Rosenstecker am Revers, und seinen gelben Filzhut aufsetzte. Meine Stimmung wendete sich, als verbanden die Kleider von diesem alten Knacker Diana wieder mit ihren Wurzeln, und meine Erinnerungen an sie legten sich sanft auf meine Haut. Wir waren miteinander verwachsen, wie Langston Hughes' Haut mit der Nacht verwachsen war. Ein Instinkt führte mich zu meinem nächsten Zuhause in London: ein Baum auf dem Tavistock Square. Ich habe ihn nicht ausgesucht. Ich wurde zu ihm geführt. Nachdem ich aus dem Hostel in Victoria rausgeflogen war, lief ich kreuz und quer durch London. Ein paar Tage lang wanderte ich umher, schlief unter Brücken und auf verlassenen Grundstücken. An einem Vormittag trat ich in eine rote Telefonzelle und rief Dianas Festnetztelefon an, das im Wohnzimmer neben dem Bücherregal stand. Es ging niemand ran. Ich wählte noch einmal, als säße sie mit ihrem Wein und dem Whisky am Esstisch. Nichts. Ich las ihren Brief in der Telefonzelle noch einmal, dann ging ich. Ich streifte durch die Straßen. An einem Regentag stand ich auf einmal an einer Kreuzung am Russell Square vor einem Hotel. Durchs Fenster sah ich ein Festessen an einer langen Tafel, mit Besteck, Gläsern und Blumen. Ich presste die Hände auf meinen Bauch, drehte mich um, zeigte dem Büffet meinen Rücken. Stattdessen sah ich mich an der Schönheit einer ganz in Schwarz gekleideten Frau satt, die mit einem Strauß Rosen in der Hand im Rollstuhl vorbeifuhr. Ich lief ihr hinterher die Straße entlang, und folgte den roten Rosen durch den schweren schwarzen Regen. Die Frau kam in einen Park, wo ein Geliebter sich ihr in die Arme warf. Die beiden verstummten und küssten sich. Das nasse London ritt ihre Zungen. Erregt lehnte ich mich an einen Baumstamm und setzte mich, zum Schutz vor dem Regen. Ich schlief ein. Als ich aufwachte, lief ich um den Baum und inspizierte ihn, wie man eine neue Wohnung inspiziert. Mit seinen freiliegenden Wurzeln war er so exhibitionistisch wie Anne, sein dicker Stamm gab mir das Gefühl, dass ich mich an die Natur anlehnen konnte, wie ich mich am letzten Abend in meiner Heimatstadt auf dem Fahrrad an meinen Vater gelehnt hatte. Seine Äste waren so wild und verschieden wie die Gedanken in meinem Kopf. Das war mein neues Zuhause. Ich schlief auf einem Pappkarton aus einem nah gelegenen Supermarkt. Meine Gedanken schmerzten mich, als wären sie es, die direkt auf dem nackten Boden lagen. Ich versteckte das Geld, das Diana mir hinterlassen hatte, und ihren Brief in meinem BH und benutzte die Tasche mit dem Tagebuch meiner Mutter als Kissen, sodass meine Träume, die guten und wie schlechten, sich aus ihren Worten speisten. Eines Nachmittags entdeckte ich auf einer Bank ein Buch. Ich ging hinüber. Ich nahm das Buch mit Gedichten von Cummings und ging zurück zu meinem Baum, lehnte mich zurück und las. Mit diesem Buch nahm die Beziehung zwischen mir und meinem Baum Fahrt auf, ich las abwechselnd ein Gedicht für mich und eins für ihn. Gegossen vom Londoner Regen und gefüttert mit den lasziven Gedichten, die ich laut vorlas, war er der wohlgenährteste und befreiteste Baum in London. Er tanzte durch die Nacht, wand sich mit seinem Laub durch die erinnerungsschwere Dunkelheit voll gespenstischer Klänge. Dieser Baum wurde zu einem Treffpunkt für andere tote Dichter, die sich in Bloomsbury herumtrieben. Bis zu 100 von ihnen gingen ein und aus. Es war Mitternacht, ich las gerade im Tagebuch meiner Mutter, als ich inmitten von Blumen eine riesige Gestalt in einem hellblauen Anzug und mit Schiebermütze bemerkte. Mit grüner Tinte schrieb er auf das schwarze Blatt der Nacht, und seine Worte flatterten wie Vögel durch den Park: Liebe, Entrüstung, Begeisterung umringten mich. Kurz darauf sprang Pablo Neruda mitten hinein ins Meer seiner Worte. Er war einer dieser Poeten, die in ihrer eigenen Schöpfung nicht schwimmen konnten, und als die Strömung seiner vielschichtigen Verse ihn mitriss, sprang ich ihm hinterher. Als ich Neruda gerettet hatte, wollte ich gerade weiterlesen, als T. S. Eliot mit einer Gruppe Dichter in den Park stolziert kam, als wäre er ihr Führer, und den neuen Bewohnern von Bloomsbury zeigte, wo sie sich ausruhen konnten. Als Eliot seinen Dichterkollegen erzählte, dass man als Außenseiter in London immer nach der eigenen Bedeutungslosigkeit strebt, kicherte ich leise. In derselben Nacht folgte Jonathan Swift mir zu meiner Toilette hinter einem Baum am Rand des Parks, um »The Lady's Dressing Room« zu schreiben. Von ihm lernte ich, dass unsere Vorstellungskraft wie ein Ekelsieb funktioniert, und ich lächelte, als ich wieder in meinem

Pappkartonbett lag und seine Worte aufsagte: »Oh! Celia, Celia, Celia scheißt!« Am nächsten Morgen schenkte mir eine grauhaarige Frau in einem grünen Pullover mit Knopfleiste eine Tasche voller Bücher und einen Klappstuhl. Ich verlasse Bloomsbury nach dreißig Jahren, aber ich will nicht, dass diese Bücher auch von hier fortmüssen, sagte sie. Darf ich sie dir schenken? Ich bekam noch mehr Bücher, von einem Antiquariat und von den Parkbesuchern, die mir statt Kleingeld oft ihre Bücher hinlegten... *AUGEN: Hannah kann nicht schlafen... London ist ihr Zimmer... sie kann das Licht nicht ausschalten... sie sucht nach einer Lösung... Hannah legt eine Decke über ihr Pappkartonbett... und geht spazieren... überall funkeln Straßenlaternen... London sieht aus wie Michael Jackson am Set von Billie Jean... Hannah lacht... sie biegt in eine Straße ein... eine Schlägerei... Blut... Kotze... ein matschiger Fußweg... überquellende Mülltonnen... ein Haufen Pommes neben einer Telefonzelle... sie zieht weiter in die nächste Straße... in Schaufenstern blinken Luxusmarken... die vielen Gesichter Londons sind unerträglich verwirrend... Hannah rennt weg... zurück zu ihrem Baum... sie sucht nach einem Dichter der ihr Dunkelheit bringt damit sie schlafen kann...* Ich saß auf meinem neuen Klappstuhl, den gelben Filzhut ins Gesicht gezogen, und las ein Buch, als der Himmel aufheulte und ein Regensturm eine Frau mit rotem, lockigem Haar zu mir führte. Ich hoffe, es macht dir nichts aus, wenn ich mich bei dir unterstelle, sagte sie, eine Zigarette in der Hand. Ich betrachtete sie von oben bis unten. Als mein Blick auf ihre blauen Schuhe fiel, sagte ich, Wer den Himmel an den Füßen trägt, verdient meinen vollsten Respekt. Sie sah mich schief an und grinste. In ihren Augen erkannte ich die Gefühle, die auch ich in mir trug. Ihr Lächeln aber war so fröhlich wie die Farbe ihres Oberteils. Da ihr Aussehen nicht zu den Gefühlen, die ich entdeckt hatte, zu passen schien, fragte ich: Warum bist du traurig? Wer sagt denn, dass ich traurig bin? Deine Augen, sagte ich. Tja, dann kannst du Augen entweder nicht so gut lesen, wie du glaubst, oder meine sind einfach zu kompliziert. Ich stand auf und tippte mir an den Hut. Wenn ich eine Küche hätte, würde ich dich zum Tee einladen, sagte ich. Jemand so Kluges wie du würde mir guttun. Sie rollte mit den Augen und murmelte ein Danke. Kein Problem, du schöne englische Rose, sagte ich. Sie protestierte: Was für ein Klischee. Aber an diesem Sommernachmittag in einem Londoner Park ließ der Regen Blumenduft aus ihrer sommersprossigen Haut aufsteigen. Außerdem bin ich irisch, sagte sie lächelnd. Was für ein süßes Lächeln. Wieder wehrte sie das Kompliment ab. Sie schüttelte den Kopf und sagte, Gott, bist du unoriginell. Mein ganzes Leben ist ein Kampf gegen Originalität, sagte ich. Sie zog die Augenbrauen hoch und hob die Hände. Na gut, dann wirst du diese Begegnung hoffentlich wenigstens auf fantasievolle Art in Erinnerung behalten. Jetzt muss ich aber los, okay, sagte sie. Sie zog das *y* in okay in die Länge. An manchen Buchstaben hielt sich ihr Mund lange fest. Als die irische Frau weg war, wandte ich mich wieder meinen Büchern zu, debattierte mit Neruda über die tröstliche Wiederkehr der Liebe in seinen Gedichten. *Liebe ist so unbedeutend wie Atemluft für einen toten Körper*, sagte ich zu ihm, ein Zitat aus dem Tagebuch meiner Mutter, das er offenbar abstoßend fand, denn danach hörte ich eine Weile nichts von ihm. In derselben Nacht stritt ich auch mit den Geistern von Langston Hughes, Dorothy Parker und Anna Achmatowa, weil sie mir den Rücken zukehrten, als ich nach der Lektüre eines Gedichts von Cummings masturbierte. Gedichte sind keine Pornografie, sagten sie einstimmig. Ich muss schon sagen, es gibt kaum etwas Heftigeres, als von toten Vertretern der Hochliteratur mit Worten beworfen zu werden. Aber zu meiner Verteidigung, schon die kleinste Erwähnung von Liebe oder Körperlichkeit in poetischer Sprache stimulierte in dieser Zeit meine Libido. Und ich machte in dieser Zeit Liebe mit meinen Sinnen, weil die Sprache der Dichter sich mit der Sprache in meinem Inneren verband. Nachdem die irische Frau gegangen war, dachte ich, sie würde sich nicht mehr an mich erinnern, als man sich an Wolken erinnert, weil sie so geheimnisvoll waren, bevor sie sich in Regentropfen aufgelöst haben. Aber am nächsten Tag kam sie mit der Nachmittagssonne wieder. Dieses Mal fliehe ich nicht vor Regen, sagte sie. Ich wollte Hallo sagen. Sie hieß Dr. Róisín, war Dozentin an einer Londoner Universität. Wie kam es, dass ich London in meiner Zeit in Tavistock so sehr liebte? Waren es die Begegnungen mit Menschen wie ihr? War es, weil die Stadt mich auf den endlosen Spaziergängen mit meiner verwundeten Seele auch lieb gewann – als bräuchten ihr Klang, ihr Geschmack und die Facetten ihrer Geschichte offene Poren, durch die sie ausströmen konnten. Ich hatte in Londons Armen ein Zuhause gefunden, Gesellschaft in seiner Luft und Freundschaft bei seinen Bäumen und Blumen. Ich schlief auf einem Bett aus Pappkarton, aber ich stellte mir vor, dass London mir jede Nacht eine Hand unter den Rücken schob, wie konnte es sonst sein, dass ich keine Schmerzen hatte? Ermutigt von den toten Dichtern schluckte ich diese Vorstellung vor dem Schlafengehen wie eine Schlaftablette. Eines Morgens spazierte ich mit einer Brille, die ich auf einer Bank im Park gefunden hatte, durch London. Als ich mit einem leichten Schwindel und einer verzerrten Sicht auf die Stadt zu meinem Baum zurückgekehrt war, kam Dr. Róisín und brachte mir eine Decke und Kleider. Als sie mir ein anderes Mal eine Schale Sheperd's Pie mit Lamm und Süßkartoffel brachte, wie ihn ihre Mutter immer zum Saint Patrick's Day gemacht hatte, verbrachten die Frau Dr. und ich einen ganzen Abend unter meinem Baum. Ich bestand darauf, dass sie meinen Stuhl bekam, während ich im Schneidersitz im taufeuchten Gras saß. Ich zündete mir eine Zigarette an und lehnte mich an den Stamm meines Baumes. Dr. Róisín holte einen Lippenbalsam aus ihrer Tasche. Nachdem sie ihn aufgetragen hatte, schmatzte sie mit den Lippen und fragte, ob ich auch davon wollte. Ich lehnte ab, Róisín strich sich eine Strähne rotes Haar aus dem Gesicht. Hinter ihr balancierte Virginia Woolf auf einer Bank nahe des Parkeingangs einen Schreibblock auf den Knien. Vor ihr standen Orlando und Mrs. Dalloway mit einem »Bitte nicht stören«-Schild. Ein Marienkäfer landete auf Orlandos Schulter, als Dr. Róisín sich eine Zigarette anzündete. Ein Mann in einer gelben Jacke, der von seinem Hund an der um seine Hüfte geschlungenen Leine vorbeigeführt wurde, boxte in die Luft und bewegte sich zum Beat der Musik aus dem Kassettenrekorder, den er in der Hand trug. Auf manchen Bänken saßen lesende Leute, auf anderen starrten Menschen stumm vor sich hin, als führten sie hier in Gegenwart von Fremden ihre Gedanken spazieren. Eine Krankenschwester in einer hellblauen Uniform mit dunkelblauen Paspeln schob sich mit einem Patienten im

Bademantel am Arm durch ein Tor eines Krankenhauses in der Nähe. Eine Gruppe Jungen sprang lachend um sie herum. Ich wollte mich gerade wieder Róisín zuwenden, als eine Mutter, die ihr Kind huckepack trug, stolperte. Ich eilte ihr zu Hilfe, aber sie schrie: Fass mich nicht an. Ich ging zurück zu meinem Baum. Blumenduft wehte durch die Luft. Róisín streifte ihre High Heels ab, hob die Beine und zog sie an die Brust. Sie seufzte und sah mich mit großen Augen an. Ich dachte an sie, als ich an einem Morgen von einem Albtraum erwachte und über und über mit Rosen bedeckt war. Möglicherweise hatte ein romantisch veranlagter Parkmitbewohner in der Nacht die Rosen auf meinem Körper drapiert, aber vermutlich war es eher ein Werk der Natur, aufgewirbelt von den Dichtern, die in ihren dunklen Winkeln wohnten. Ich sammelte die Rosen auf und legte sie hinter meinen Baum... *AUGEN: Hannah sieht eine Familie mit zwei Erwachsenen zwei Kindern und einer alten Frau außerhalb des Parks... sie tragen traditionelle eritreische Kleidung... sie sprechen Tigrinya... Hannah folgt ihnen... sie lachen... sie lacht auch... sie sprechen laut... sie ahmt sie nach... die alte Frau bemerkt Hannah... Hannah bleibt stehen und senkt den Kopf... die Familie beschleunigt den Schritt... Hannah auch... sie lachen wieder... Hannah auch... sie bleiben stehen und drehen sich zu Hannah um... Hannah will der Frau das Sprichwort sagen das sie von ihrem Vater gelernt hat und das sie mit nach London gebracht hat und das so wertvoll ist wie alles was sie besitzt... aber Hannah kriegt den Spruch nicht mehr ganz zusammen... ኩሉ ይሓልፍ... sie übersetzt ihn im Kopf... alles vergeht... die Liebe bleibt... sie versucht es noch mal auf Tigrinya... Kullu... fiqri... Hannah kann sich nicht*

erinnern... sie schreit... die alte Frau kommt auf sie zu...
Hannah rennt weg rennt rennt rennt rennt... An einem
Samstagvormittag kam Róisín mit dem Fahrrad vorbei.
Sie fragte, ob wir ihn zusammen verbringen könnten. Ich
setzte mich auf die Stange ihres Fahrrads und sie fuhr im
Zickzack durch den Park zu der Universität, an der sie
unterrichtete. Im Regent's Park stiegen wir ab und schlenderten zu Fuß weiter, und als Róisín mir erzählte, dass sie
manchmal mit einem Bus bis zur Endstation fuhr, um auf
der Fahrt über das Leben nachzudenken und zu träumen,
entschieden wir, in einen einzusteigen. Als sie ihr Fahrrad
abgestellt und angeschlossen hatte, stiegen wir in der
Baker Street mit einem Pärchen, das vom Joggen im Park
kam, in die Linie 18 ein. Der Geruch der beiden breitete
sich im Bus aus, mit dem wir den ganzen Weg bis nach
Harrow fuhren. Während der Fahrt erzählte Róisín von
ihrem Mann, wo sie ihn kennengelernt und welche Höhen
und Tiefen ihre Beziehung schon hinter sich hatte. An
diesem Tag fragte Róisín mich, ob ich bei ihr und ihrem
Mann einziehen wollte. Ich bin noch nicht bereit, meinen
Baum zu verlassen, sagte ich, ohne ihr den Hauptgrund
für meine Antwort zu verraten. Ich liebte die Natur mehr
als Menschen, und ich konnte nicht weg von meinem
Baum, den Dichtern in seinen Ästen. Róisín wusste, dass
ich die Natur in Worten zwischen meine Brüste tätowiert
hatte, sie hatte einen Blick darauf erhascht, als ich an
einem sonnigen Tag in das Crop Top schlüpfte, das sie mir
zusammen mit Zahnpasta und ein paar Zahnbürsten
mitgebracht hatte und so grün war wie ihre Augen...
AUGEN: Hannah ist horny... trifft einen Mann... du bist
ein Flüchtling oder sagt er... kommt drauf an was du
damit meinst sagt Hannah... dass du vor einem Krieg

geflohen bist sagt er... ja ja aber ich bin vor vielen Arten von Krieg geflohen sagt Hannah... jetzt bin ich verwirrt sagt er... ich auch sagt Hannah... da sind wir wohl schon zwei sagt er... ja aber du hast angefangen mit der Verwirrung sagt Hannah... das versteh ich nicht sagt er... ich auch nicht sagt Hannah... das soll doch unser erstes Date sein sagt er... dachte ich auch sagt Hannah... tja das führt wohl nirgendwo hin sagt er... wie du meinst sagt Hannah... Peace sagen sie zueinander... Hannah geht zurück zu ihrem Baum und macht es sich selbst... Einmal spazierte ich mit Róisín zu einer Jazzbar bei Camden, wo sie ab und zu hinging, ohne ihren Mann, um sich ein bisschen Ruhe zu gönnen, und Musik. Die High Heels streckten ihren Körper in die Länge. Ich musste hochschauen, um das trägerlose Paillettenkleid in ihren Augen schillern zu sehen. Mit ihrem zur Seite gekämmten Haar sah es aus, als wäre ihre Zeit für sich ein formeller Anlass, mit einem roten Teppich. Róisín lachte und bestätigte meine Beobachtung, als sie sagte, Stimmt, wenn ich allein ausgehe, kommt eine glamouröse Seite in mir zum Vorschein. Ihre Worte erinnerten mich an Diana, die oft mit einem Buch in eine Bar gegangen war. Ich erzählte Róisín davon. Da fällt mir was ein, sagte sie, als wir bei der Warren Street Station und neben einem geschlossenen Zeitungskiosk stehen blieben. Sie reichte mir ein Buch. Als ich sah, worum es ging, fragte ich Róisín, ob alle Iren solche Bücher lasen, um ihre dunkle Seite zu nähren. Deine Träume sind bestimmt total Gothic, sagte ich. Ach komm, sagte Róisín. Was du dir so vorstellst. Auf der Straße zischte ein Motorrad zwischen den Autos durch den stockenden Verkehr, wie meine Gedanken durch meinen vollgestopften Kopf rasten. Rote Busse schrappten an

Zweigen entlang, als wollten sie sowohl Londons als auch meine Haut in Brand stecken. Es nieselte. Wie oft hatte London mich verbrannt und dann mit seinem Regen gekühlt. Wie oft hatte London mich mit seinem stürmischen Wind aus einem Punkt im Leben herausgerissen und mich dann mit einem leichten Lüftchen an einem anderen sanft wieder abgesetzt. Róisín nahm einen Regenschirm aus ihrer Handtasche, hakte sich bei mir unter und lief weiter. Ich brachte Róisín zu ihrer Bar, und London brachte mich an viele Orte. Die Stadt war wie ein Mahlwerk, das mich am Stück in sich hineingezogen und dann zerstückelt hatte. Róisíns Parfüm erinnerte mich daran, dass sie noch da war. Sie drückte meine Hand und sagte, Hannah, irgendwann musst du mal zu einer meiner Hauspartys kommen. Ich versprach es ihr. Über Partys und Menschen und Tanzen dachte ich nach, als ich eines Morgens in Unterhemd und Boxershorts auf der Decke auf meinem Pappkarton saß. Mein Blick folgte einem Vogel, der durch die Luft purzelte, dann zur Erde und zu meinem Körper zurückkehrte und sich auf meinem Bauchnabel ausruhte, voller akrobatischer Energie…

AUGEN: Die Zeit tickt davon tick tick tick tick tick tick tick… wir sehen es auf der Uhr an Hannahs Handgelenk… der kleine und der große Zeiger drehen Kreise… noch eine Sekunde ihres Lebens dann eine Minute dann eine Stunde dann ein Tag dann eine Woche dann ein Monat… von vorne… eine Sekunde eine Minute ein Tag eine Woche ein Monat… von vorne… eine Sekunde eine Minute ein Tag eine Woche ein Monat… von vorne… wir folgen den Zeigern auf der Uhr bis uns schwindlig wird… wir sind die Augen von Hannah… haben fühlen und sehen gelernt… und fühlen in Hannahs Gedanken wie die Zeit vergeht…

die Zeit erinnert Hannah an die Gründe ihrer Flucht… die
Zeit erinnert sie an gescheiterte Ziele und Träume… Zeit
sammelt sich an und drückt auf ihre Brust wie ein Fels-
brocken… sie versucht zu schlafen… findet ein bisschen
Gras… schlafen, schlafen, schlafen, schlafen schlafen
schlafen schlafen schlafen… dann wacht sie auf… die Zeit
tickt davon… sie streift ziellos umher… Schatten von Londonern gleiten über Bäume Häuser Autos Menschen… eine
Stadt der wandelnden Schatten… große Schatten… dünne
Schatten… dicke Schatten… kleine Schatten… gekrümmte
Schatten… Schatten mit Hunden… trinkende Schatten
denkende Schatten tränenüberströmte Schatten träu-
mende Schatten seufzende Schatten würgende Schatten
deprimierte Schatten nachdenkliche Schatten unheilbar
kranke Schatten schwangere Schatten Politikerschatten
die mit ihren Entscheidungen nur ihr eigenes Leben verändern und sonst keins Schatten von Büroangestellten
kurz bevor sie einen Vertrag kündigen und jemandem das
Leben versauen Schatten von Frauen in Hidschab Schatten von jungen Menschen mit den Scheidungspapieren
ihrer Eltern Vogelschatten die aus den Nestern fremder
Hoffnung auffliegen höher höher höher in den wolkigen
Himmel wir werden alle mit dem Sturm vergehen… Hannah schläft ein… wacht auf… die Zeit erinnert sie an ihre
Tante und die Verwandten in ihrer Heimatstadt in Eritrea
die sie von ihrem Ersparten weg aus dem Krieg nach
Europa geschickt hatten damit sie dort etwas Sinnvolles
tun und sie unterstützen konnte… sie riecht Erinnerungen
auf ihren Knochen schmoren und schmeckt Abwasser auf
ihrer Haut… bäh bäh bäh… Róisín kam mich mit Kaffee
und Croissants unter meinem Baum besuchen. Hey Liebes, grüßte sie mich. Wie ist deine Stimmung heute?

fragte sie mich. Wie Sommer, sagte ich, voller Sonnenschein und Wärme. Ich wirbelte herum und fügte hinzu: Und wie Blumen, Lächeln, Sehnsüchte und Träume. Ohh, dann halt das Gefühl gut fest und komm damit zu meiner Party, sagte sie. Das tat ich. Ich duschte in einer Notunterkunft und schlurfte in einem Blaumann, den ich in einem Secondhandladen gefunden hatte und der gut zu meinem Filzhut passte, weiter zu Róisíns Party. Sie öffnete die Tür. Ich rührte mich nicht, als wüsste ich nicht mehr, wie man ein Zuhause betrat. Róisín bemerkte mein Zögern und zog mich am Arm. Komm rein, Liebes. Während wir uns umarmten, tauchte ihr Mann hinter ihr auf. Ein Ventilator blies Luft durch den schmalen Flur und ließ sein Haar über seinen Schultern tanzen. Er schüttelte mir schwungvoll die Hand. Deinem lockigen Haar nach bist du Äthiopierin, sagte er, immer noch in der Tür. Nein, sagte ich. Ich bin Eritreerin, und das ist ein entscheidender Unterschied. Es ist, als hätte ich deine Mutter getötet, empörte er sich. Die äthiopische Armee hat sie getötet, sagte ich. Oh, das tut mir leid, sagte er. Mir auch. Schweigen. Aber wir sind alle gleich, Hannah, sagte er. Ganz Afrika ist eins. Die haben uns gespalten. Er zeigte auf Róisín. Vielleicht war das ein Versehen, denn er nahm seinen Finger wieder runter, als sie sagte: Ich bin Irin. Was zur Hölle redet ihr da? Róisín stürmte ins Wohnzimmer. Róisín? rief ich. Während wir ihr nachliefen, sagte ihr Mann zu mir, Siehst du? Jetzt hat sie dich gegen mich aufgebracht. Er gluckste. Es war ein Witz. Ich lachte, in der Hoffnung, dass ich ihn dann los war. Aber egal, wie sehr ich meine Augen wegdrehte, er schob sich immer wieder in mein Blickfeld. Er war hier. Da. Überall. Er arbeitete als Hilfspolizist und benahm sich auch zu Hause wie einer. Róisín zog mich weg aus dem typischen Londoner Zimmer mit der tiefen Decke. In der Küche standen wir neben einem Fingerfood-Büffet. Ihr Atem fachte das Feuer in mir an. Ich nahm mir ein Schinken-Käse-Röllchen. Róisín ließ auf einer Stereoanlage hinter sich Popmusik laufen. Wir stießen auf unsere in den Straßen Londons geschlossene Freundschaft an. Cheers, sagte sie über das Klirren hinweg. Ich gratulierte ihr, sie hatte gerade einen Forschungsauftrag bekommen, für den sie bald nach Kenia und Uganda reisen würde. Danke, Liebes, aber Gott, wenn ich doch bloß in meinem Privatleben genauso erfolgreich wäre. Róisín starrte zur Tür. Sie stand einen Spaltbreit offen, wie mein Leben, das mich ab und zu einen Blick auf inspirierende Momente erhaschen ließ, wie jetzt in der Londoner Wohnung eines Intellektuellenpärchens. Sie schob den Unterkiefer vor und ordnete die Snacks auf dem Tisch, sah mich schweigend an und leckte sich die Finger ab. Sie dimmte das Licht. Seit ich gelernt hatte, Liebe mit mir selbst zu machen, erfüllt es mich mit Zuneigung, wenn sich der Schatten eines Menschen von einem Moment der Verwirrung abhebt. Bestimmt verstehst du mich, du weißt ja, wie es ist, sich nach etwas zu sehnen, sagte sie. Ich dachte, wir wollten heute nicht über Politik sprechen, sagte ich. Wir sind doch in England. Róisín kicherte. Ich legte meine Hand auf ihre. Du hältst doch irgendwas zurück, sagte ich. Manchmal hasse ich ihn, sagte sie und versprühte ein paar Spucketropfen, die ich mir von der Unterlippe leckte. Wieso? fragte ich. Sie setzte sich auf einen Stuhl und schlug ein Bein übers andere. Hassen ist vielleicht zu stark, sagte sie. Andererseits meinen meine Freunde, ich wäre ein Mensch der Extreme, also vielleicht auch nicht.

Das finde ich nicht, sagte ich. Ich hatte keine Ahnung, warum ich mich plötzlich wieder genauso zu ihr hingezogen fühlte wie an dem Regentag, als sie zum ersten Mal unter meinen Baum gekommen war. Vielleicht verwechselte ich die Einladung zu ihrer Party mit einem Date, oder es war ihr Blick, der mich erregte, weil er in einer Londoner Wohnung etwas anderes bedeutete als auf der Straße. Als ich mich zu ihr beugte, spürte ich das Pulsieren ihrer Wut. Ich hatte in dem 18er-Bus und bei unseren diversen Treffen von den Eheproblemen der Frau Dr. gehört. Aber jetzt spuckte sie weitere Details aus, die ihr die Atemwege verstopften wie Knochenstückchen. Er hört mir kaum zu, sagte sie. Und er erzählt mir auch nicht viel von sich. Wir treffen uns im Bett, wir schlafen miteinander. Aber egal wie toll Sex ist, kann das ja kein Gespräch ersetzen. Sie fuhr fort: Reden ist sexy. Ideen machen mich an. Ich glaube, er redet nicht, weil er etwas vor mir verbirgt. Sie hielt inne. Róisín, warum müssen wir denn alles übereinander wissen? fragte ich. Róisín nahm eine Serviette vom Tisch und wischte sich über den Mund. Ich weiß, was du meinst, Hannah, aber sein Schweigen frustriert mich. Das verstand ich nicht. Sie hatte mir doch erzählt, dass sie Schweigen liebte. Als ich das sagte, antwortete sie, Ja, aber es gibt auch eine Art von Schweigen, die traurig macht, Hannah. Er lässt mich rätseln, was er fühlen könnte, aber wenn ich nie weiß, ob meine Interpretationen stimmen, weil er ja nicht darüber redet, bleibe ich mit meinen Fragen und Gedanken über ihn allein. Ich dachte über ihre verworrene Aussage nach, als sie noch hinzufügte: Was soll denn daran schön sein, Hannah? Ich wusste keine Antwort. Lass es mich noch mal anders formulieren, sagte Róisín. Es verletzt mich, dass ich so wenig über ihn weiß. Er ist aufgeschlossen und engagiert, sagte sie. Aber ich weiß fast nichts über seine Kindheit. Ich will wissen, was ihn zu dem Menschen gemacht hat, der er ist. Róisín kreiste die Schultern und schüttelte die Arme aus, als wollte sie die Anspannung lösen, die ich in ihrer Stimme hörte. Hannah, er ist die Liebe meines Lebens, aber es ist, als wäre ich mit einer Überraschungstüte verheiratet. Aber Róisín… Ich stockte, als überlegte ich, was ich sagen wollte. Was, Hannah? Er ist dein Mann und keine Forschungsarbeit. Róisín legte sich die Hand auf die Brust und sagte: Ohje, Liebes, bitte glaub nicht, ich wäre eine Schnüfflerin oder ein Kontrollfreak. Das ist es nicht, Hannah. Ich möchte mehr über ihn wissen, weil ich selbst lange gezwungen wurde, mit Geheimnissen zu leben. Aus den Jahren, in denen ich unterdrückt hab, wer ich in mir drinnen war, habe ich gelernt, wie gefährlich das ist. Sie sagte ein paarmal etwas von Unterdrückung, dann starrten wir uns wieder an und schwiegen. Ich bemerkte einen Fleck in ihrem Auge, als überfielen ihre Sommersprossen ihren Körper von innen nach außen. Ich streichelte ihren Nacken. Hätte nicht gedacht, dass mich das beruhigen würde, sagte sie. Während sich der Druck auf die Adern in ihrem Nacken löste, traten die zwischen meinen Beinen hervor. Mit meinem nach der Knoblauchgarnele von vor ein paar Minuten riechenden Atem näherte ich mich ihrem Gesicht. Da platzte ihr Mann in die Küche, um zu verkünden, dass Gäste geparkt hatten, wo sie nicht parken sollten, als hätte der Hilfspolizist in ihm die Kontrolle übernommen. Sie stritten sich und ich sah interessiert zu. Im Bus hatte sie mir erzählt, dass er ein gebildeter Mann war, der jetzt von seiner Frau finanziell unterstützt wurde, weil keinem britischen Unternehmen der Abschluss aus seiner Heimat genauso viel wert war wie ihrer. Ihre Macht über ihn wurde deutlich, als sie sich eine Handvoll Chips nahm und sagte: Entspann dich, Babe, das ist meine Party, ich hab alles bezahlt, also mach sie mir jetzt nicht kaputt. Ich stellte mir vor, dass er im Kopf abwägte, was er bei dem Streit zu gewinnen hatte. Er konnte es sich nicht leisten, sie zu verlieren, sie oder die 70 Prozent, die Róisín in die Haushaltskasse einzahlte, seit er einen Master in Agrarwissenschaften machte, was bei ihr Misstrauen und Zweifel an der Langlebigkeit ihrer Beziehung aufkommen ließ. Er plante seine Zukunft und hatte dabei seine Heimat im Hinterkopf. Ich grinste, als er das Kinn sinken ließ. Ich zwinkerte ihr zu, verließ die Küche, und während sie damit beschäftigt waren, Gäste zu begrüßen, besichtigte ich ihr Schlafzimmer. Es war weiß gestrichen. Auf der einen Seite des Betts stapelten sich Bücher über Informatik, Landwirtschaft und Ernährung – seine –, auf der anderen lagen Bücher über Philosophie, Wirtschaft, Literatur, Notizbücher, Creme, ein Wecker, Vaseline, Schuhe, verstreute Zeitungen und Zeitschriften – ihre. Erregung wallte in mir auf, als ich einen pinken Doppeldildo unter ihrem Kissen entdeckte. Ich kehrte zurück ins Wohnzimmer, das jetzt brechend voll war mit Leuten, die sich abklatschten, Küsschen zuwarfen oder sich umarmten, mit Männern, die sich coole Sprüche zuriefen, wie Yo wie gehts, Wie läufts, Alter, und Was geht ab? Am besten gefiel mir, für die Männer: Alles fit im Schritt? Ich blickte auf meine Schenkel wie in ein neues Zimmer, das ich für dich, und nur für dich einrichten würde, BB. O. Bina-B. In dem engen Raum rückten Nationen näher zusammen: Manche kamen, um zu netzwerken, andere, um sich zu amüsieren, und manche suchten nach Liebe und Sex. Ich dachte, jetzt wäre ich dran, noch ein bisschen zu dem Chaos beizutragen. Ich hielt Róisíns Hand und wollte sie gerade in ihr Schlafzimmer entführen, um mit ihr zu sprechen, als sie sagte, Zuerst stell ich dir Armani vor. Armani, der ein dunkelblaues Samtjackett, eine Samthose und eine Samtmütze trug, nahm meine Hand und küsste sie auf den Rücken. Ich zog meinen Arm weg. Wir sind gleich wieder da, sagte ich. Er versuchte meinen Akzent einzuordnen. Irgendwas zwischen Neuankömmling und gestandener Londonerin, schätzte er, ohne zu ahnen, wie trügerisch die Akzente von Immigranten seien konnten. Viele von uns reiten Akzente wie Wellen, gleiten gekonnt zwischen Estuary, Cockney und Posh hin und her, was ein Muttersprachler nie könnte oder wollte. Oh, unsere Zungen können so einiges, sagte ich zu ihm und streckte sie raus, lang und gepierct, und entlockte unserer Gastgeberin ein nervöses Lachen. Eine Frau mit Braids drängte sich zwischen uns, küsste Róisín auf den Mundwinkel. Die Sängerin drehte sich zu mir, und als sie meine Hand küsste, hinterließ ihr pinker Lippenstift einen Abdruck auf meiner Haut. Der Mann im Samtanzug gab sich empört darüber, dass eine Frau Männern die Tricks klaute. Oooh, du Aaarmer, machte die Sängerin. Der Kreis wurde größer und glich immer mehr einem Zirkus, als ein Möchtegern-Comedian mit einer Tasse Tee in der Hand auftauchte und dem Gespräch eine komplett unoriginelle Wendung verlieh, als er fragte, Und, wie trinkt ihr euren Tee am liebsten? Ich rollte mit den Augen. Alle riefen durcheinander. Die Kakofonie der Stimmen wurde zu einer Sinfonie der Stadt. Die Sängerin bezog mich in das Gespräch ein, indem sie fragte, ob wir unseren Tee in Afrika anders tranken. Ich bin Eritreerin, sagte ich. Und Londonerin, fügte ich hinzu, und die Gruppe um mich herum jubelte, hob die Gläser und grölte wie Hooligans: Wir sind Londoner. Londoner. Londoner. Kurz danach ging ich mit Róisín in ihr Schlafzimmer, setzte mich aufs Bett, auf die Seite ihres Mannes, wie um seinen Platz einzunehmen, und setzte zu einem Liebesgeständnis an. Ich hab schon genug Probleme, sagte sie. Das will ich nicht bestreiten, sagte ich. Verrückt, sagte sie, als ich ihr erklärt hatte, dass Sex oder Liebe, wenn sie leidenschaftlich und unvergesslich sind, immer auf Schwierigkeiten beruhen. Sie erinnerte mich an ihr Alter, das doppelte von meinem. Erinnerungen wohnen in einem Körper wie in einem Haus, sagte ich, und wenn ich einen Körper liebe, liebe ich auch das Ich darin, mit seiner ganzen Geschichte. Großer Gott, sagte sie. Lass uns zurück ins Wohnzimmer gehen, Liebes. Sie warten auf uns. Warte, sagte ich. Und rezitierte ein Gedicht: *Hätt' ich des Himmels bestickte Kleider, / Durchwirkt mit goldnem und silbernem Licht, / Die blauen, matten und dunklen Kleider, / Der Nacht, des Tags und des halben Lichts…* Róisín unterbrach mich. Tu mir das nicht an, Hannah. Ein paar Augenblicke lang hielten wir uns schweigend an den Händen. Hier, sagte Róisín, ich zeig dir was. Aus einer Tasche unter ihrem Bett zog sie ein Foto heraus. Sie setzte sich wieder auf, unsere Schultern berührten sich. Schau mal. Da bin ich ein siebenjähriger Junge, kurz vor meiner Erstkommunion in Dublin. Ein paar Tage nachdem dieses Foto entstanden ist, habe ich meinen Eltern gesagt, dass ich in mir drin ein Mädchen bin. Sie haben mir nicht geglaubt und gesagt, ich soll nicht darüber sprechen. Sie haben mich eingemauert: in Schweigen, Angst, Lügen. Ich habe Jahre in einem Gefängnis verbracht, das niemand außer mir sehen konnte. Egal wo ich war, immer war ich darin gefangen, in der Schule, bei meinen Jobs und bei Familienfeiern. Ich war ständig krank, als verrottete ich von innen. Und wozu? Um eine Wahrheit zu leben, die nicht meine war? Also bin ich ein paar Jahre später nach London gezogen, habe meine Transition begonnen, und jetzt stehe ich hier als Frau vor dir. Deshalb sehe ich alle deine Seiten, Hannah, schon seit ich dich auf dem Tavistock Square zum ersten Mal gesehen habe. Wir sind Sehende, Liebes, weil wir uns erst von innen heraus sehen mussten, wie wir wirklich sind, seit unserer Geburt, bevor wir gelernt haben, den Rest der Welt zu sehen. Ich wiederholte ihre Worte: Wir sind die Sehenden. Ich senkte den Kopf. Róisín hob mein Kinn. Ihre Augen waren wie ein Buch und ich stellte mir die Kapitel ihrer Geschichte vor, die sie in ihren Erzählungen gestreift hatte. Wir sind bruchstückhafte Geschichten, bis wir uns selbst so sehen, wie wir gesehen werden wollen. Wir sind die Sehenden, murmelte ich. Ja, sagte sie. Schweigen. Lass uns wieder reingehen, sagte sie. Zurück im Wohnzimmer tanzten wir, aßen, tranken, flirteten. Eins überraschte mich an der Party. Es hatte mit keinem der Gäste zu tun, auch nicht mit etwas von dem, was sie sagten, sondern mit London, das sich auf dem engen Raum in der winzigen Wohnung anders zwischen den Menschen bewegte als auf der Straße. London nahm die Gestalt der Gäste an, saß als Glitzern in ihren Augen, als Schwingen in ihrer Kehle, als Rhythmus in ihrer Seele. London weckte ihren Geist, ihre Ideen, Träume, Enttäuschungen, sprach aus den Geschichten, die sie erzählten, und kleidete sich in ihren Tod, wie den des Mannes, der mir die Hand geküsst hatte,

148

der Mann im Samtanzug, der ein paar Wochen nach dieser Nacht, in der ich auf dem Sofa in Róisíns Wohnzimmer mit ihm schlief, starb. Die Gäste gingen und die Frau
Dr. und ihr Ehemann zogen sich ins Schlafzimmer zurück,
der Engländer und ich blieben noch, redeten und tranken
abwechselnd aus einer Flasche Weißwein. Es lief Jazz,
und London tanzte in der Ecke unter der gebogenen Steh-
lampe vor sich hin. Es war, als wäre London eine Reinkarnation von Diana. Es bewegte sich wie sie, wiegte sich mit
gesenktem Kopf langsam und selbstvergessen hin und
her. Ich lächelte. Der alte Mann und ich plauderten über
dies und jenes – die Gäste, was sie getragen, wie sie
gesprochen, wer einen Ständer gekriegt hatte und
warum –, bis ich den letzten Tropfen Weißwein getrunken
hatte. Er beschwerte sich. Du hast ihn leer gemacht.
Mann, jetzt hast du ihn leer gemacht, wiederholte er.
Nicht weinen, sagte ich und kniff ihm in die Wange. Er
schloss die Augen, sein Kopf schwankte. Nicht sterben,
sagte ich kichernd. Du lachst, sagte er. Aber ich sehe den
Tod. Ich sehe ihn. Ach, komm schon, sei kein Jammer-
lappen. Ich sehe Leben in dir, sagte ich und legte meine
Hand zwischen seine Beine. Der führt anscheinend ein
Eigenleben, sagte er. Ich öffnete den Reißverschluss seiner Hose und nahm seinen harten Schwanz in den Mund,
bis er mit der Spitze meinen Rachen kitzelte. Und als ich
auf ihm saß und mich mit dem letzten Lebenslüftchen in
ihm hob und senkte, hörte ich ein Stöhnen. Ich löste meinen Nippel aus seinem Mund, sprang auf die Füße. Hey,
wo willst du hin? Pst, sagte ich. Ich bin gleich wieder da.
Auf Zehenspitzen schlich ich zum Schlafzimmer. Ich
spähte durch die Tür. Der Mann und Róisín, seine Frau,
lagen auf dem Rücken, die Beine in die Luft gestreckt, die

Fußsohlen aneinandergeschmiegt. Als sie ihre Finger ineinander verschränkten, war es, als hätten sie auf einen Knopf gedrückt: Der Doppeldildo vereinte sie in einem Schwebezustand beidseitiger Lust. Sie hoben gemeinsam mit mir ab. Sie stöhnten. An diesem pinken Gummistab hing ihre Beziehung. Er war die Brücke, über die sie auf dem Ungesagten zwischen ihnen – Gefühle, Vorstellungen, Zweifel, Wut (viele Wörter schossen mir durch den Kopf) – hin- und herglitten. Ohne ihn würde sie zerbrechen. Ich trat näher an ihr Bett und setzte mich neben Róisín auf den Boden. Sie drehte sich zu mir. Hannah? Ich sagte das Gedicht, das ich am Anfang der Party begonnen hatte, zu Ende auf: *Hätt' ich des Himmels bestickte Kleider, / Ich legte sie zu deinen Füßen aus: / Doch ich bin arm, hab nur meine Träume, / Die legte ich zu deinen Füßen aus, / Tritt sanft, du trittst ja auf meine Träume.* Ich ging zurück ins Wohnzimmer, wo Armani schnarchend auf dem Sofa lag. Ich deckte ihn mit seiner Jacke zu. Ich setzte meinen Hut auf und spazierte nach Hause zu meinen Büchern, in die Nacht, und kletterte auf meinen Baum zu den Dichtern, zu denen James Baldwin, der auf dem Weg nach Paris einen Zwischenstopp in Bloomsbury einlegte, als 101. dazustieß. Baldwin stand vor mir und schüttelte den Kopf. Wie fabelhaft, sagte er, als er meinen Hut betrachtete. Ich kann mich nicht erinnern, aber vielleicht habe ich ihm da das Fichu-Tuch gestohlen, das er um den Hals trug, während er neben ein paar anderen Dichtern, die ich lieber nicht nennen möchte, lag und schlief… *AUGEN: Hannah kauft in einem Sexshop in der Tottenham Court Road ein Pornomagazin… sie reißt das Bild von einem Mann in einem Keuschheitsgürtel heraus und verwendet es als Lesezeichen… sie liest Samuel*

150

Becketts Nicht ich... und Becketts MUND und wir Han-
nahs AUGEN sehen uns an... Schweigen... Becketts
MUND und wir sagen gleichzeitig: Ist das Liebe auf den
ersten Blick... Schweigen... MUND weit offen... AUGEN
aufgerissen... dann... schhhhhhht.... peng peng peng...
Schüsse... Himmel erleuchtet... Feuerwerk... Hannah...
kann nicht schlafen... kann nicht denken... kann nicht
ruhen... kann nicht essen... kann nicht trinken... mehr
peng peng... Hallo Hannah sagt die Polizei... Hallo sagt
Hannah... Polizeimann und Polizeifrau nicken einträch-
tig... lang nicht gesehen sagt die Polizeifrau... stimmt sagt
Hannah... wie ist es dir denn ergangen sagt die Polizei-
frau... heute gehts mir gut sagt Hannah... schön zu hören
sagt die Polizeifrau... aber fragen sie mal nach gestern sagt
Hannah... bleiben wir lieber bei heute sagt die Polizei-
frau... wie sie wünschen sagt Hannah... hast du heute am
frühen Morgen zufällig etwas gesehen oder Lärm gehört
fragt die Polizeifrau... nein außer sie meinen den Lärm in
meinem Kopf sagt Hannah... nein Hannah nicht den sagt
die Polizeifrau... dann kann ich nicht helfen sagt
Hannah... bist du sicher sagt die Polizeifrau... ja sagt
Hannah... ok sagt die Polizeifrau... aber sie fügt hinzu...
Hannah wenn dir irgendetwas einfällt ruf uns bitte an...
wie denn sagt Hannah... ah ja stimmt dann nicht sagt die
Polizeifrau... bis bald mal sagt der Polizeimann... bis
dann sagt Hannah... Hannah kann nicht ruhen... kann
nicht schlafen... komm rauf zu mir Sister Outsider sagt
Audre Lorde... Eines Tages entdeckte ich in einem
Secondhandladen in Notting Hill einen dunkelblauen
Samtblazer, eine Samthose und eine Samtmütze. Es
waren die Kleider des alten Engländers, dessen Leben ich
auf Róisíns Party mit Sex zu verlängern versucht hatte.

Als ich den Samtanzug bezahlte, erzählte der Inhaber des Ladens mir von seinem verstorbenen Freund, der nach dem plötzlichen Tod seiner Frau allein gelebt hatte. Er hatte die beiden schon lange gekannt, seit sie den Anzug gekauft hatten. So viele Geschichten und Jahre der Freundschaft haben mit diesem Stück Stoff begonnen, sagte er, und jetzt liegt er wieder hier. In London wird alles Mögliche an Fremde vererbt, auch die Geschichte dieses Paares und die Kleider des Mannes, die ich trug, als ich Dr. Róisín das nächste Mal traf, zum Frühstück in einem Schnellrestaurant in der Nähe ihrer Universität, um über ihre anstehende Forschungsreise nach Ostafrika zu sprechen. Armani hätte sich darüber gefreut, wie schön du aussiehst, sagte sie, als sie mich umarmte. Wir bestellten Essen und Getränke. Ich folgte Róisín mit dem Blick, während sie nach dem Salz- und Pfeffer-Set griff und ein bisschen von beidem über ihre Eggs Benedict streute. Ich legte meine Mütze neben den Teller mit meinem Full English Breakfast. Was hast du auf dem Herzen, Liebes? Inzwischen nannte sie mich nur noch so. In dem ersten Brief, den das Home Office mir zu Diana geschickt hatte, hatten sie meinen Antrag auf Asyl abgelehnt. Aber in ihrem zweiten Brief, den mein Sozialarbeiter mir ins Gefängnis gebracht hatte, gewährten sie mir den unter Schutzsuchenden weniger begehrten Status, und der mir gefiel, weil er so herrlich kompliziert klang: »außerordentliche Aufenthaltserlaubnis«. Ich war weder das eine noch das andere, kein anerkannter Flüchtling, aber jemand ohne Heimat, jemand, der vorübergehend in England bleiben durfte, aber, wenn Eritrea unabhängig würde, wieder zurückgeschickt werden konnte. Dieser Brief vom Home Office verband mich mit Großbritannien

wie der pinke Dildo den Körper von Dr. Róisín mit dem
ihres Mannes. Ich nahm es, wie es war, und freundete
mich mit dieser Zweideutigkeit an. In den nächsten
Jahren war ich: Hannah, eritreisch-außerordentlich
aufenthaltserlaubt-potenziell-britisch. Und ich war Bürgerin des Herzens einer irischen Frau, wie vorher bei
Diana. Róisín erzählte mir etwas über ihr Land, das sie
mir schon einmal erzählt hatte, und sah mir dabei dieses
Mal fest in die Augen, als sähe sie in der Geschichte Eritreas ihre eigene gespiegelt. Róisín und ich begegneten
uns in der Gewalt, dem Hunger und der Migration, die
wir durchlebt, dem Tod, den wir so oft mitansehen mussten und der in unseren Adern floss, ja, wir begegneten uns
in unserer ungeschliffenen Sprache, in der unbegrenzten
Dunkelheit, die uns nicht nur nachts, sondern rund um
die Uhr erfüllte. Róisín und ich liebten uns, indem wir
ineinander lasen, all die Worte und Gedanken erforsch-
ten, die zwischen unseren Augen geschrieben standen.
Wir liebten uns, wie die Figuren in Büchern, die im
Abstand von Jahrhunderten geschrieben wurden, sich
lieben und ins Gespräch vertieft sein konnten, denn Zeit
und Entfernung spielen keine Rolle, wenn das Herz sie
überwinden kann. Ich weiß nicht wieso, aber als ich so vor
ihr saß, fiel mir wieder ein, wie ich einmal mit sieben oder
acht Jahren mit meinem Vater im Garten gesessen hatte,
während über uns Kampflugzeuge durch den Himmel
zogen. Sollen wir uns verstecken, Vater? fragte ich. Er
antwortete nicht. Ich sah nach oben. Vater, die Flugzeuge.
Er war eingeschlafen. Mein Blick wanderte durch das
Schnellrestaurant. An den meisten Tischen saßen Bau-
arbeiter, ihr Werkzeug lag verstreut auf dem Boden. Als
wären manche Erinnerungen gefährlich, gierte ich nach

ihrem Gehörschutz, ihren Schutzbrillen, Helmen und Schutzwesten. Wir bestellten noch mal Getränke. Róisín nippte an ihrem Tee und sah mich über den Rand der Tasse hinweg an. Ich hab was für dich, sagte sie und stellte ihre Tasse ab. Ich weiß, du hast gesagt, du kannst noch nicht studieren, aber ich hab mich noch mal genau informiert, für den Fall, dass du deine Meinung änderst. Sie zog einen Umschlag aus ihrer Tasche. Wenn du mich fragst, könntest du direkt ein Studium anfangen, sagte sie. Aber man hat mir gesagt, dass du besser erst ein Vorbereitungsjahr machst und dann an die Uni gehst. Voilà. Ganz einfach. Was hältst du davon? Ich sagte nichts. Hier, nimm den Umschlag, Liebes. Da ist alles drin, was du brauchst. Hand in Hand schlenderten Róisín und ich durch den Hyde Park, schweigend. Wir verabschiedeten uns und ich ging zurück zu meinem Baum und den Dichtern. *Alles vergeht, die Liebe bleibt.* Róisín hatte mir auch Bargeld in den Umschlag gesteckt, damit ich eine Wohnung mieten konnte, bis ich mich um eine Unterkunft und Verpflegung gekümmert hatte. Als ich meinen Baum verließ, dachte ich über Entscheidungen nach, darüber, warum wir sie trafen und wie sie uns meistens unglücklich machten. Ich überlegte, Ingenieurswissenschaften zu studieren, im Gedenken an meine Tante und meine Verwandten, die mich nach London geschickt hatten, und an das, was sie sich für mich erhofft hatten. Aber die Erinnerung an Menschen verblasste mit der Zeit und wurde schwammig. Wie ironisch, dass meine Mutter, die schon so früh gestorben war und die ich nur durch ihr Tagebuch kannte, mir am besten im Gedächtnis blieb. Ich glaubte an die Macht der Worte und der Kunst, Erinnerungen zu formen und zu festigen. Deshalb entschied ich mich für ein geisteswissenschaftliches Studium, mit Literatur im Hauptfach. In meiner letzten Nacht unter meinem Baum sammelte ich meine Sachen zusammen und weckte all die Dichter von Bloomsbury. Ich wollte gerade eine kleine Dankesrede halten, da tauchte Neruda durch den Tunnel seiner Verse wieder auf und rezitierte ein Gedicht, das einer Warnung glich: *Wenn du mich vergisst... Wenn du auf einmal / mich vergisst, / such nicht nach mir, / denn ich werde dich schon vergessen haben.* Ich setzte meinen Filzhut auf und schlang die Arme um die Tasche mit dem Tagebuch meiner Mutter, Dianas Brief und Róisíns Umschlag und verließ den Tavistock Square... *AUGEN: Hannah sitzt neben Sappho auf einer Wolke und rückt sich den Hut zurecht... sie sieht Diana und ihre Eltern in der Galaxie aneinander vorbeiziehen und steht auf um zu winken... sie rutscht durch die Wolken und fällt zurück zur Erde... oh mein Kopf schreit Hannah... oh mein Bauch... sie hält sich die Seite und fällt in Ohnmacht... guten Morgen Hannah sagt die Krankenschwester... erinnerst du dich an uns sagt der Doktor neben der Krankenschwester... Hannah macht die Augen auf und zu... die gute Nachricht ist dieses Mal hat dich niemand geschlagen sagt die Krankenschwester... die schlechte ist du bist ohnmächtig geworden sagt der Doktor... Hannah ich fürchte wir müssen ein paar Bluttests machen sagt der Doktor... wir sind besorgt... ok sagt Hannah... hast du einen Angehörigen den wir anrufen können sagt die Krankenschwester... ja sagt Hannah... wunderbar sagt die Krankenschwester... dann brauche ich den Namen und die Telefonnummer sagt die Krankenschwester... Neruda sagt Hannah... ok sagt die Krankenschwester... und die Telefonnummer... oder lieber nicht Neruda wir haben uns gerade gestritten*

*aber sie können James Baldwin Audre Lorde und Virginia
Woolf aufschreiben sagt Hannah... kannst du das noch
mal wiederholen sagt die Krankenschwester... keinen von
denen sagt Hannah... rufen Sie lieber Borges an der hat
süße Katzen... können die herkommen sagt Hannah... die
Krankenschwester und der Doktor schauen sich an... ich
fürchte Haustiere sind hier nicht erlaubt sagt der Doktor...
die Krankenschwester hustet... ähm... Hannah Borges ist
bestimmt ein toller Freund ich mag ihn auch aber wir
brauchen echte Menschen sagt die Krankenschwester...
jedenfalls müssen wir dich behandeln Hannah sagt der
Doktor... Hannah schläft... wacht nach einer Operation
auf... sie spürt dass etwas in ihr fehlt... es ist ihr egal...
Leerstellen sind der Wind der ihr Feuer entfacht... sie wird
aus dem Krankenhaus entlassen... sie kehrt zurück zu
ihrem Baum... sie setzt die gefundene Brille auf... sie wandert durch London... ihre verzerrte Wahrnehmung bringt
Hannah zum Lachen... ha... ha... ha... Hannah singt...
always look on the bright side of life... O Bina-B. O. B. B.*
Ich blickte über den Fitzroy Square – als hätte der Regen
die Fassaden der umstehenden Gebäude weggewaschen,
wirkten sie wie Relikte aus einer längst vergangenen Zeit,
die nur dann Sinn ergaben, wenn die Dichter von Bloomsbury wiederkehrten und den Platz in ihre Worte hüllten.
Die Stille um Bina-Balozi wurde durchbrochen, als Rimbaud und Verlaine von ihrer ehemaligen Wohnung in
Camden Town herbeigeschlendert kamen und sich mit
ihrem Absinth zu mir auf die Bank setzten. Kaum hatten
sie die Flasche ausgetrunken, begannen sie zu zanken. Ich
fürchtete einen weiteren Gewaltausbruch zwischen ihnen
und wollte gerade zur Seite rutschen, als mir einfiel, dass
Pracht und Verderben in ihrem Fall untrennbar zusam-

mengehörten. Als hätten die Bilder von Bina-Balozi in meinem Kopf die französischen Dichter angeregt und aus ihrer Trübsal befreit, zog Rimbaud sich aus und Verlaine malte das Arschloch seines Geliebten mit Worten. Aus ihrem Gedicht über den Anus wehte das Flair der Bohème über den Fitzroy Square. O Bina-B. BB wurde der Refrain eines Songs. O B B. Ich tippte mir an den Hut und wollte gerade mit den französischen Dichtern zu einem Spaziergang durch Bloomsbury verschwinden, als BB mir etwas zuflüsterte. Hannah, ich mache mir Sorgen. Wieso, BB? Weil ich ein Mann bin, und ich... Vielleicht hätte ich ihn aussprechen lassen sollen, aber ich unterbrach ihn: Ich bin kein Ofen, BB, deine Manneskraft wird nicht in meinem Schoß verkohlen. Er starrte ins Leere, als hätte ich ihn überrumpelt. Um uns bildeten sich Pfützen. Der Wind peitschte auf. Die Bäume schaukelten sich in einen Rausch. Blätterrascheln erfüllte die Luft. BB hustete und räusperte sich. Hannah, geht es... geht es dir um Macht? Ich legte den Kopf schief. Womit? Damit, sagte er. Mit was, Bina-Balozi? Er zeigte auf meine Schenkel. Ich nahm einen tiefen Zug von der Nachtluft und dem Zittern in seiner Stimme. Tut mir leid, Hannah, sagte er. Worte drängten aus ihm heraus, wie ich mich in die Mündung seiner Schenkel. Weißt du, Hannah, ich bin auf der Suche nach Frieden in dieses Land gekommen. Aber ich habe ihn nie gefunden. Ich bin hier zwar nie der gleichen Gewalt begegnet wie in meiner Heimat. Aber diese Zweifel, Hannah. Die Unterdrückung ist real. Ich lebe, als hätte ich in meinem Kopf auch meine Familie mit aus meinem Land geschmuggelt. Immer, wenn ich etwas tun will, das mich glücklich macht, höre ich wieder auf. Einen Tanga unter dem Anzug tragen ist noch einfach. Sich innerlich zu entkleiden etwas anderes. Wie schaffst du das, Hannah? Ich hatte nicht erwartet, dass ich einmal in eine ähnliche Rolle geraten würde, wie die Zollbeamten, die mich bei meiner Ankunft in London am Flughafen in Empfang genommen hatten. Ich hatte keinen Schlüssel zum Himmel. BB kam näher. Wie hast du es geschafft, dein wahres Ich anzunehmen, Hannah? Ich wollte ihm erklären, dass Wahrheit und Realität nur Funktionen unserer Vorstellung waren – und wollte ihn erinnern: Unsere Vorstellung gebiert ohne Geschlecht. Aber ich wollte nicht in seinen Kampf hineingezogen werden. Ich weiß, wie es ist, zwischen Glück und Leid hin- und herzuschwanken, ständig neue Identitäten anzunehmen, einen wichtigen Teil von mir zurückzulassen und mit einem anderen zu einem neuen Abenteuer aufzubrechen. Es fühlt sich an, als wäre mein Körper übersät von Ankunfts- und Abflughallen, und ich verbringe eine Menge Zeit damit, dort eine Version von mir zu verabschieden und eine neue willkommen zu heißen. Es bringt mir Glück und Leid zugleich, einen Teil von mir in den Schatten zu stellen, um einen anderen erstrahlen zu lassen. Es war bereichernd und verletzend, ständig zwischen meinen unterschiedlichen Seiten hin- und herzuwechseln – der weiblichen, der männlichen, der unterwürfigen, der dominanten und der ohne jede Bedeutung –, ja, nichts zu bedeuten, nur zu sein, ist auch eine Orientierung, für die ich mich ab und zu entscheide. Nichts davon sagte ich zu BB, aber ein Teil von mir sehnte sich danach, ihn in den Armen zu halten, das Tor zu seiner Dunkelheit zu öffnen, dem Gesang der Vögel zu lauschen, die innen an seinem Brustkorb hingen. Ich schaute auf eine Wasserlache, und als sähe ich in der Dreckpfütze einen Ozean mit Schiffen, segelte meine Fantasie in die Bucht von BB. Eine Weile starrte ich sprachlos, wie gebannt, in sein Gesicht, das zu leuchten begann wie ein Stern, der meiner Mutter, meines Vaters oder der von Diana. Ich schauderte bei dem Gedanken. Wie um ihn festzuhalten, egal wie unwirklich sich das alles anfühlte, begann ich zu reden. Bina, sagte ich, wir haben Wüsten durch- und Ozeane überquert auf dem Weg in dieses Land, aber die gefährlichste Reise, die, die uns am meisten bedeutet, beginnt erst jetzt. BB, wir sind nicht nach Europa gekommen, um einen Ersatz für unsere in Trümmern liegenden Heimatländer zu suchen, sondern um uns auf der Insel unserer Lust ein eigenes Land aufzubauen, sagte ich. Das verstehe ich nicht, sagte er. Vergleichst du Sex mit einem Land? Ich war mir nicht sicher, ob die Frage ernst oder ein wenig spöttisch gemeint war. Aber wer sind wir, fragte ich mich, wenn wir unsere Lächerlichkeit, unsere Verrücktheit nicht genauso aus- kosten wie unseren Verstand? *Alles vergeht, die Liebe bleibt.* Der Regen am Fitzroy Square wurde stärker. Man- che der Dichter rannten ins Trockene, und ich stellte mir vor, dass sie in Bina-B Unterschlupf fanden, als wäre sein Körper voller Höhlen. Ich sah in ihm ein ins Erdinnere eingraviertes Gedicht. Konnte ich ihn deshalb nicht rich- tig greifen, ahnte ich deshalb, dass ich beim Sex mit ihm den aktiven Part übernehmen, mit dem Heer meines Begehrens in ihn vordringen musste, um die Verse am Quell seiner Empfindungen freizulegen? Manche Men- schen mussten erst gebändigt werden, um lieben zu kön- nen, dachte ich. Ich hatte so oft, so viel und so lange von ihm geträumt, dass ich nicht wusste, ob er war, wie ich ihn mir vorstellte: jemand, der unter Dichtern wandelte, der es wagte, Verse mit seinem Körper zu schreiben. Ich hatte abwechselnd das Gefühl, ihn zu erkennen und ihn zu verlieren. Ich wollte, dass er mehr redete, mein Bild von ihm ausmerzte, die Mauern meiner Vorstellungen und Fantasien durchbrach. Sein Schweigen und seine wenigen Worte erinnerten mich daran, dass unsere Leben in diesem Land halb real und halb Illusion waren, gefangen zwischen unserem wahren Selbst und der Geschichte in unserem Asylantrag, die wir in der Hoffnung auf ein offenes Ohr geschönt und zensiert hatten. Ich wollte meine Überzeugung mit ihm teilen, dass das Leben seinen Zauber verlor, wenn wir immerzu angepasst und unauffällig waren. Diese Gedanken ließen mich anmaßend klingen, und ich hatte mir kürzlich geschworen, diese Eigenschaft abzulegen. Es ist nicht leicht, sagte Bina-Balozi nach einem langen Schweigen. Was ist nicht leicht, BB? Zu glauben, dass du real bist, sagte er. Komisch, sagte ich. Vorhin hast du gesagt, es wäre nicht leicht, dich deinem Verlangen nach mir hinzugeben, und jetzt stellst du meine Existenz infrage. Müssen wir denn immer Sinn ergeben füreinander? Wir seufzten beide, kauerten uns zusammen, umhüllt von der Nacht, vom Regen und unserer Lust. Ungewissheiten machten sich in mir breit. Ich hatte mir dieses Treffen mit BB flüchtig, aber so intensiv vorgestellt, dass es sich dauerhaft in mein Gedächtnis brennen würde. Ich hatte mir vorgestellt, wie ich mit ihm auf den Schwingen des Wahnsinns ritt, durch Wolken der Lust glitt, mit Dichterseelen durch die Lüfte von Bloomsbury streifte. Und jetzt saß ich hier und versank immer tiefer in Gedanken. Meine Füße juckten. Geh, drängte mich eine Stimme in meinem Kopf. Und ich wollte gerade gehen, als BB sagte, Hannah, darf ich mich setzen? Ich rückte auf der Bank zur Seite. Ich werd nicht gern nass, sagte er. Dann lass mich nass werden, sagte ich. Er rührte sich nicht. Er blickte in meinen Schoß und sagte: Ist er da? Oh ja, sagte ich, er war immer schon da. Er ist nur erst jetzt, wo ich bereit dafür bin, sichtbar geworden, für mich, für dich und die Welt. Ich spreizte die Beine, wie um ihm zu beweisen, dass das, was sich an meine Schenkel schmiegte, kein Fremdkörper war wie ich in diesem Land, sondern wie jedes andere Organ auch in mir wurzelte. BB streckte die Arme nach mir aus. Als ich seine Hand nahm, hörte ich das Poltern von zwei Herzen im Höhenflug, unsere Hingabe, die wie Schwerter durch Londons Wolken schnitt. O.B.B. Bina-B ließ seinen Regenschirm los, wir sahen uns tief in die Augen, und in diesem Moment veränderte sich etwas – sein Zögern verflog, und Gewissheit breitete sich in ihm aus, während er seine Brust auf meine Beine senkte. Ich wollte gerade den Reißverschluss seiner Hose öffnen, als er den Kopf hob und mit den Augen den menschenleeren Platz absuchte, der nur von Dichtern, die niemand außer mir sehen konnte, bevölkert war. Stopp, Hannah, sagte er. BB, sagte ich, wir sind schwarz. Wenn wir das Gesetz übertreten, werden wir sichtbar. Das ist unser Moment, um zu glänzen. Er gluckste. Nicht hier, sagte er. Ok, komm mit, sagte ich. Wir kletterten über den Zaun in den Garten und gingen zu einer Bank inmitten von Blumen. Er hockte sich auf die Bank. Ich schritt um ihn herum. Seine Rippen bohrten sich durch seine zarte Haut, die so schwarz war wie die Nacht. Er drückte den Rücken durch und das untere Ende seiner Wirbelsäule ragte auf wie die Berge von Keren. Ich wollte seinen Körper nicht erobern, sondern ihn lieben. Nicht Blut vergießen, sondern den Frieden in ihm finden. Seine Beckenknochen erhoben sich schüt-

161

zend wie Pfeiler um seinen Penis. Seine Haut war glatt, das einzige bisschen Haar an ihm verbarg die Rundung seines Anus, als bewachte er ihn sogar vor seinem eigenen Drang zu sehen. Ich kniete hinter ihm und stierte auf seinen Anus wie die Feder eines Dichters auf die blanke erste Seite eines jungfräulichen Notizbuchs. Ein paar Augenblicke verstrichen. Betrachtungen, Gedanken, Bilder trieben zwischen uns in der Luft. Sein in die Nacht gespreiztes Loch warf Traumschatten in meine Brust. Ich gab der fleischlichen Verlockung nach. O… Bina-Balozi. BB. Bina-B. Ich setzte mich auf die Bank. Er spreizte die Beine über meinen Schoß. In dem Licht, das durch seine Haut wanderte und durch seine Adern floss wie Strom und seinen Körper in meinen Armen zum Leuchten brachte, je tiefer ich in ihm war, konnte ich ihn lächeln spüren. O. B.B. Es war, als hätte Bina seinen Thron gefunden. Ich packte ihn an der Taille. Er lehnte den Kopf auf mein Schlüsselbein. Mein Hut war wie das Dach einer Veranda, unter dem sich unser Atem kräuselte wie Rauchfäden. Wir weinten beide. Wir waren angekommen. Wir sind angekommen, sagte Bina-B. Die Dichter von Bloomsbury erhoben sich, wie um gemeinsam ein Gedicht zu verfassen. Doch Bina-Balozi war das Gedicht. Ich seine Autorin… Ich lächle. Ich renne los. Die Dichter flehen mich an, Bloomsbury nicht zu verlassen, BB will, dass ich in ihm bleibe, aber ich bin eine Wanderin, eine Migrantin, eine Geflüchtete, eine außerordentlich Aufenthaltserlaubte, eine Reisende zwischen Ideen, Gedanken, Geliebten und Ländern, und, frage ich mich für eine Sekunde, vielleicht auch zwischen Leben und Tod. Ich sprinte weg vom Fitzroy Square, hinter mir summt Bina-Balozi ein Lied. O.B.B. Seine Stimme schärft meinen

162

Geist. Ich renne. Ich bin in South Bank. Überall ist Musik, auf dem Gehweg, vor einem Café, in der Royal Festival Hall. Musik ist die Nabelschnur, die uns mit unserer Stadt verbindet. Neben Jazz gibt es alle möglichen Arten von Musik. Lateinamerikanische, westafrikanische, nahöstliche, indische und persische, als käme die Welt nach London, um zu singen, zu experimentieren und die Freiheit, die manchmal so zäh und trüb wirkt wie das Wasser der Themse, neu zu denken. Ich sehe einen Mann eine peruanische Flöte spielen, deren Ende die gleichen Regenbogenfarben schmücken wie sein Halstuch. Ich drehe an dem Hut auf meinem Kopf und schiebe mich durch das Gedränge. Ich lege dem Peruaner einen Schein hin und bitte ihn, Jazz zu spielen. Ich kanns versuchen, sagt er, während ich versuche, mein Leben in London zu leben wie der aus einem Saxofon in die Flöte vertriebene Jazzsong in seinem Mund: weder von hier noch von dort, reine Improvisation. Ich bewege mich zur Musik, wie Diana es mir gezeigt hat. Ich ziehe mir den Hut ins Gesicht und tanze mit meiner Seele. Ich erinnere mich an ihre Worte: *In jedem von uns tanzt eine Seele zu unseren Gefühlen.* Die Menge lacht los, als der Musiker sich mit seiner Flöte tanzend auf mich zubewegt und die Bestien in mir weckt, die Wunden, die Geschichte, die Liebe. Tanzt, meine Lieben. Tanzt, flehe ich Diana, Anne, meine Mutter, Róisín, meinen Vater und all diejenigen an, die an meiner Schulter gehangen hatten wie Bina-Balozi, als ich auf der Bank am Fitzroy Square in ihn eindrang, als er mir die Arme um den Hals schlang und sich in eine Trance steigerte, während ich eine neue Vorstellung, eine neue Vision von Liebe und Sex in ihm säte. Mir kommt ein Gedanke. Räume und die Erinnerungen, die wir darin

163

schaffen, egal ob in einem Gebäude oder im Körper eines Geliebten, ob in Dianas Haus oder in BB, sind ein und dasselbe: Sie sind Grabkammern für Splitter unseres Spiegelbilds. Wie meine Mutter mache ich allen Teilen von mir Luft, egal wie klein oder groß, verstörend oder annehmbar sie sind. Wer sind wir? hat mich Bina-B auf der Bank am Fitzroy Square gefragt. Geflüchtete mit ausreichend überzeugenden Geschichten, um die britische Staatsbürgerschaft zu erhalten? Jetzt kichere ich: Wie soll man eine Geschichte wie unsere auch glauben, eine Geschichte, die sich immer wieder neu erfindet, weil wir akzeptiert haben, dass wir durch die Vorstellung eines anderen immer wieder neugeboren werden? Und Vorstellung gebiert ohne Geschlecht. Ich erinnere mich, wie Róisín einmal in ihrer Mittagspause zu mir unter meinen Baum kam. Es regnete, ich kämmte die Traurigkeit aus Virginia Woolfs Haar, während ich Verlaine und Rimbaud dabei zusah, wie sie ihre Ärsche erkundeten und das »Sonnet du trou du cul« verfassten. Virginia und ich gluksten, als die französischen Poeten es uns vortrugen, und als ich am Fitzroy Square BBs *O* öffnete, wiederholte ich ihre Worte: *Düster und pikiert, wie eine violette Nelke prunkt,/ so atmet sie, demutsvoll im Moos verborgen, / von Liebe feucht noch.* Ich sog gerade den wilden Moschusduft ihrer Seufzer ein, als Róisín mich begrüßte. Hallo Seherin, sagte sie, und machte mir klar, dass wir, wenn wir gelernt haben, unser Inneres zu sehen, auch die übernatürliche Welt der Dichter von Bloomsbury sehen können. Vor ihrer Abreise nach Kenia und Uganda hat sie das beim Frühstück in dem Schnellrestaurant noch einmal wiederholt. Tanz, sage ich mir, während der Peruaner auf seiner Flöte spielt. Tanzt, sage ich zu den Geistern, die

mich begleiten. Den Armeen, den faschistischen italienischen Soldaten, den Schleppern, Diktatoren, Vergewalti-
gern, den Geliebten, dem britischen General, der meinen
Großvater als nigger beschimpft hat, während der Bauch
meiner Großmutter mit geblümtem Stoff umwickelt war
und sie meine Mutter zur Welt brachte. Tanzen wir, sage
ich zu den Erinnerungen, der Vergangenheit, der Zukunft
und dem Übernatürlichen überall dazwischen. Tanzt,
rufe ich, und der peruanische Musiker, der mit seiner
Band aus den Anden gekommen ist, die in seinem Haar
fortleben, wiederholt meine Worte. Tanzt, sagt er. Und
auf Spanisch: *Bailamos, querida.* Ich spüre den Duende.
Und während ich Lorcas erhöhten Empfindungszustand
erreiche, klettere ich über das Geländer an der Themse,
um auf die andere Seite zu gelangen, zu der Entscheidung,
die ich in meinem Kopf geformt habe, meine Geschichte
aufzuschreiben, wie sie ist, anders als die zensierte Version im Home Office. Die Stimme des Peruaners wird rau,
als er die Melodie lauter in sein Instrument bläst. Er legt
den Kopf in den Nacken und richtet die Flöte in den Himmel, der funkelt wie die Umrisse von Bina-Bs Beinen. Er
streut mir die Töne wie Perlen vor die Füße, als ich den
Hang hinunter in die Themse schlittere. Tanzt, sage ich
zu den Sehenden. Tanzt. Der Himmel tost. Es schüttet.
Der Fluss legt mir sein Wasser um den Hals wie einen
schwarzen Schal. Das London in mir ist kurz davor,
meinen Körper zusammen mit meiner Seele zu verlassen.
Bei der Erinnerung an den ersten Morgen bei Diana, als
sie mir auf der Türschwelle Taubenkacke von der Schulter wischte, den Blick auf den Mann im Fenster auf der
anderen Straßenseite richtete und *Du Muschi* murmelte,
lache ich laut los. Ich lache so sehr, dass mein gelber

Filzhut herunterfällt, während ich mich krümme und Wasser schlucke, aber nicht so viel, dass ich sinke. Und das ist auch gut so.

Danksagung

London: Danke. Dieses Buch ist für dich.

Ich danke meiner Agentin, Jessica Craig (für deinen Einsatz und dafür, dass du an meiner Seite so hart darum gekämpft hast, dass dieses Buch in der Form erscheinen konnte, in der meine Vorstellungskraft es hervorgebracht hatte), Jess Chandler (wie schön, dich und Prototype gefunden zu haben, ich weiß die Freiheit, die du uns gelassen hast, zu schätzen) und Michele Hutchison (die sogar angeboten hat, dieses Buch zu veröffentlichen, falls kein Verlag dazu bereit wäre). Außerdem danke ich Aimee Selby, Anderson Tepper, Lucie van Rooijen, Rory Cook, Martin Colthorpe, Jurgen Maas und Literatuur Vlaanderen.

Ich danke den Étangs d'Ixelles, Brüssel. Seit Jahren komme ich zu diesen Teichen und lese dem Wasser, den Bäumen, den Blumen, der Natur und der Luft Gedichte vor. Irgendwann schenkten sie mir dann *Die Sehenden*. Das war an einem Tag im Mai 2020, während des ersten Covid-19-Lockdowns, ich stand am Wasser, zog mein iPhone heraus und hatte plötzlich den Namen Hannah im Kopf.

Nach drei Wochen war der erste Entwurf fertig, ich habe ihn komplett auf meinem iPhone geschrieben. Dieses Buch konnte nur während eines Lockdowns geschrieben werden, als alles ruhig und vorhersehbar war. Mir wird klar, wie recht Gustave Flaubert hatte, als er schrieb: »Sei geregelt und ordentlich im Leben, und dafür heftig und originell in deiner Arbeit.«

Nachdem ich den Text noch einmal gelesen hatte, merkte ich, dass mich der Geist von Anne Desclos berührt hatte (die *Die Geschichte der O* schrieb, weil ihr Ehemann behauptet hatte, eine Frau könne kein Buch wie *Die 120 Tage von Sodom* schreiben), und dass der Text ein Gespräch mit anderen Büchern war, die ich gelesen und geliebt habe, insbesondere *Chilenisches Nachtstück* (Roberto Bolaño), *Zeit der Nordwanderung* (Tayeb Salih), *Vor ihren Augen sahen sie Gott* (Zora Neale Hurston), *Der Liebhaber* (Marguerite Duras), *Die Geschichte des Auges* (Georges Bataille), *Ich spucke auf euch: Bericht einer Frau am Punkt Null* (Nawal El Saadawi), *Ich erinnere mich* (Joe Brainard), *Die Sternstunde* (Clarice Lispector) und *Das Mädchen ein halbfertiges Ding* (Eimear McBride).

*

»ኩሉ ይሓልፍ ፍቕሪ ትቕጽል – *kullu yihalif, fiqri yiterif – alles vergeht, die Liebe bleibt*« ist ein bekanntes eritreisches Sprichwort.

Die Abschnitte der *AUGEN* sind inspiriert von Samuel Becketts *Nicht ich*.

Der Satz »Ich schaute auf eine Wasserlache, und als sähe ich in der Dreckpfütze einen Ozean mit Schiffen, segelte meine Fantasie in die Bucht von BB.« ist inspiriert von Zora Neale Hurstons *Vor ihren Augen sahen sie Gott*.

Die Gedichte, aus denen in diesem Buch zitiert wird, sind:
»ich mag meinen körper wenn er bei deinem« von E. E. Cummings
»Sister Outsider« von Audre Lorde
»Augenblicke«, Jorge Luis Borges zugeschrieben
»Dream Variations« von Langston Hughes
»Er wünscht sich die Kleider des Himmels« von W. B. Yeats
»The Lady's Dressing Room« von Jonathan Swift
»L'Idole, Sonnet du trou du cul« von Arthur Rimbaud
»Wenn du mich vergißt« von Pablo Neruda

Andere Schriftsteller*innen und Dichter*innen, die einen Auftritt haben, sind:
Virginia Woolf
James Baldwin
T. S. Eliot
Sappho
Anna Achmatowa
Dorothy Parker
Paul Verlaine

Zitierte Liedtexte stammen aus:
»Something Got Me Started« von Simply Red
»Freak Me« von Silk
»Close To You« von Maxi Priest
»Always Look on the Bright Side of Life« von Monty Python

Quellenhinweise

S. 8 zitiert nach: E. E. Cummings. *Poems, Gedichte*. Auswahl. Übersetzung und Nachwort von Eva Hesse. München: C.H. Beck 2010. S. 43.

S. 147 zitiert nach: William Butler Yeats, *Die Gedichte*. Herausgegeben von Norbert Hummelt. Übersetzt von Marcel Beyer, Mirko Bonné, Gerhard Falkner, Nora Matocza, Norbert Hummelt und Christa Schuenke. München: Luchterhand 2005. S. 81.

S. 155 zitiert nach: Pablo Neruda, *Liebesgedichte*. Aus dem Spanischen von Fritz Vogelsang. Darmstadt/Neuwied: Luchterhand 1977. S. 69–71.

S. 164 zitiert nach: Arthur Rimbaud, *Das poetische Werk. Briefe, Gedichte und Prosa*. Aus dem Französischen von Manfred Burkert. Essen: Verlag Die Blaue Eule 2000. S. 144.

Über den Autor

Sulaiman Addonia ist ein eritreisch-äthiopisch-britischer Autor. Er verbrachte seine Kindheit in einem Geflüchtetenlager im Sudan und lebte als Jugendlicher in Dschidda, Saudi-Arabien. Er kam als minderjähriger unbegleiteter Geflüchteter, ohne ein Wort Englisch zu sprechen, nach London und erlangte dort einen Master in Entwicklungsstudien und einen Bachelor in Wirtschaftswissenschaften. Sein erster Roman *Die Liebenden von Dschidda* (Hoffmann und Campe 2009) stand auf der Shortlist für den Commonwealth Writers' Prize und wurde in mehr als 20 Sprachen übersetzt. Sein zweiter Roman *Schweigen ist meine Muttersprache* (Orlanda 2021) war u. a. Finalist der Lambda Literary Awards 2021 und stand auf der Longlist für den Orwell Prize for Political Fiction 2019. Addonias Essays erscheinen u. a. in Lit Hub und der New York Times. Addonia lebt derzeit in Brüssel, wo er die Creative Writing Schule für Geflüchtete und Asylsuchende und das Asmara-Addis Literary Festival In Exile gegründet hat, das 2022 zu einem der 40 besten Literaturfestivals der Welt gewählt wurde. 2021 wurde er in Belgien mit dem Golden Afro Artistic Award für Literatur ausgezeichnet und 2022 zum Fellow der Royal Society of Literature (RSL) ernannt.

Über die Übersetzerin

Sula Textor studierte Englische Philologie, Europäische Kunstgeschichte und Vergleichende Literatur- und Kunstwissenschaft in Heidelberg, Paris und Potsdam. 2022 war sie Teilnehmerin des Georges-Arthur-Goldschmidt-Programms. Sie übersetzt Prosa, Lyrik und Theatertexte aus dem Französischen und Englischen und lebt in Berlin.

Originaltitel: *The Seers*
Copyright © 2024 Sulaiman Addonia

1. Auflage 2025
© 2025 Orlanda Verlag GmbH
Karl-Liebknecht-Str. 36, 04107 Leipzig
mail@orlanda.de
www.orlanda.de

Übersetzung: Sula Textor
Lektorat: Palma Müller-Scherf
Korrektur: Jessica Zeltner
Cover: Reinhard Binder
Autorenfoto: © Fred Debrock
Satz: brama Studio, Wien
Druck und Bindung: CPI Print, Leck
ISBN 978-3-949545-69-6

Dieses Buch wurde klimaneutral gedruckt.

Bei aller Sorgfalt können auch wir Fehler übersehen.
Deshalb freuen wir uns, wenn Sie uns Hinweise auf Fehler
an folgende Adresse schicken: mail@orlanda.de